INK

文學叢書

261

# 干物女與草食男

江迅◎著

# 編輯前言

《干物女與草食男》乃香港資深記者江迅的最新散文，以其敏銳目光與生動文筆，記錄當下新中國令人目眩神迷的轉變與種種社會現象。

當年唐山大地震，江迅是首批進入災區的採訪記者，而他同時也是港台兩地第一個受邀訪問北韓的記者，資歷深厚，見聞廣博，文筆簡樸流利，已出版著作二十餘本，香港文壇大腕倪匡曾評論其散文：「他筆下的眾生相，就是眾生相，只點出這種『相』的存在，少作主觀評點。任由看了這些『相』的讀者自己決定是笑是哭是擊桌而起還是仰天長嘆，使讀者有寬廣的思索餘地，也就對他點出的眾生相，有更多的體會，這種『留白』，是一種很高的藝術境界。」

多年記者生涯中，至少有三分之一時間在中國大陸遊走的江迅，對中國社會各個面向之關注既深且廣，從網路語言到官場文化，信手拈來就是一篇篇的精彩故事，如同本書副題「從故事碎影關照中國現今社會」，他的文章就像是寫實的紀錄影片，讓我們看見中國社會日常生活的眞實圖像；而其香港視角，也讓他在探索各個現象時，能跳脫當地觀點而有更寬廣的視野。

眼前的中國，不只經濟實力有飛躍的進步，在社會型態與價值觀念上同樣有極爲驚人的變化。本書猶如新世紀中國的《二十年目睹之怪現狀》，江迅以其細膩觀察精準切入，見人所未見，帶讀者和他一起走進中國、走遍中國，大開眼界之餘，期更能深入理解現今中國的眞實風貌。

# CONTENTS 目次

## 二、集體有怪異

## 三、文化好搞惡

草食男

# 四、官場說荒誕

# 一、男女新身分

# 美女養眼指數

中國人出境遊多了，於是有了這樣的順口溜：

到了泰國才知道見了「美女」先別忙擁抱；
到了巴西才知道衣服穿得少也不會害臊；
到了法國才知道「性騷擾」也會很有情調；
到了奧地利才知道乞丐都可以彈小調；
……

還可以寫很長很長，省略了。中國人在境內遊，也有一段順口溜：

到了北京才知道自己官太小；
到了廣州才知道自己錢太少；

到了海南才知道自己腰不好；

到了成都才後悔自己結婚太早。

後悔結婚太早，只因成都遍地美女。正是：天下處處有芳草，美女最多在成都，成都美女春熙路。春熙路美女雲集，外地遊客都有印象。春熙路號稱百年金街，由原本一條狹窄小街，逐漸發展成今日商業圈。成都錦江區政府爲了替商圈提檔升級，推出「時尚錦江」活動，其中一項內容就是組織專業調查公司，耗時半年，評估春熙路公共設施，評價品牌知名度，評析商業結構合理度，調查商家的服務態度好不好，誠信度夠不夠，美女養不養眼等，而後歸結爲「春熙人氣指數」、「消費者購物指數」、「美女養眼指數」等項目。針對「美女養眼指數」引發褒貶不一的激辯，以反對者居多，指責是「忽悠指數」，「噱頭指數」，「譁眾取寵」，「庸俗無聊」，「究竟養了誰的眼」，「政府公權不能娛樂無度」云云。

不知道在一片批判聲中，原定發布的這些指數，還有沒有「美女養眼指數」？過往，聽說過物價指數、人氣指數、幸福指數、快樂指數、和諧指數，「美女養眼指數」還是首次聽到。早些年，重慶有過「美女是重慶走出去的名片」之宣傳，而今成都商業街引入美女指數確是創新。其實，這也只是城市營銷推廣的手段而已，大可不必上綱上線而太當一回事。人人都覺得美女養眼，看著舒服，對「美女養眼指數」不妨寬容些，何況當下日常生活中，「美女」的稱呼早已無孔不入，從前，眞的是美女才叫美女，現在凡是女人就是美女。再說，區政府發布這一指數，旨在營商「服務」，也不算什麼「干預」。

美麗無罪，性感有理。盛暑，汶川地震後再度去成都公幹。入夜，帶著兩名外國友人，去享有西部第一購物天堂美稱的春熙路，嘗試經歷看美女的「驚豔一瞥」。夏日炎炎，更顯美女風情。春熙路上眞是活色生香，風吹如折的柔軟細腰，輕颺飛舞的飄悠髮絲，一個掠鬢，一個甜笑，如清風拂面而令人心曠神怡。不過，那兩個外國友人，對如此這般的絕色美女，沒有絲毫反應，頻頻說「很普通啊」，「不過如此」。

也確實是，各花入各眼，有文化差異。在外國度假酒店，常常會發現，那些異族男女，或夫妻或情侶或伴遊女郎，那些相伴的亞洲女人，十有八九眼睛小小，鼻子扁扁，胸脯平平，個子矮矮，穿紅著綠，額頭上架著大墨鏡。在中國人眼裡，奇形怪狀的她們，即使不算醜，也談不上美吧。大腹便便頭半禿的白種男人，就是喜歡她們。美醜是一種文化累積，錦江區眞要評比「美女養眼指數」，看來也不容易。

在春熙路，時見身旁擦肩而過的，或在商鋪購物的美女，忽略了言行舉止的細節，於無形中將自身美的魅力打了折扣。有的過於裸露肢體，瞬間驚豔，卻如同翻閱時尚雜誌的豔照，目光被肉色奪去，適得其反，輕浮粗俗，難有精神歡悅，可謂糗大了。殊不知在很多男性眼裡，女人最性感的部位，就通常裸露的那部分而言，僅鎖骨、後頸和腳後跟而已；有的雖是美女身，卻扮男兒郎，開口「哥們」，閉口「我靠」，咋咋呼呼，肆無忌憚，性格粗豪，舉止粗暴，美女身上帶點雄性色彩，是性別的調味品，即使「假小子」、「中性美」一時流行而顛覆了「審女觀」，但過分顯擺，則失去本性，正如賈寶玉所言，女人畢竟還是水做的；女人似乎都有花癡的潛質，但有的美女硬是在時裝、紋眉、口紅、染髮上恣意折騰，塗脂抹粉，披金掛銀，添了妖豔，減了清麗，人云亦云，媚俗而行，盲目追時尚，一身卻賤相。這些原本絕色美女，美到被自我醜化。

男人眼中的女性美，往往是在不覺間，不用作態。只是坐著喝杯咖啡，或走在街上的斑馬線上，儀容已經盡顯，作態反而難看。其實不作態的女性不是說沒有「殺傷力」，只是不自知而已，要步出計程車，先是坐在車位上側首微微仰視，而後眼波一泛，再從車廂伸出一雙玉腿下車，殺傷力就無窮，即使長得並不美的女人，如此一舉一動，也會讓男人心跳加速。於是要問，錦江區的「美女養眼指數」，不知是如何調查這「美」的，要知道天生麗質美女，可不一定「美」啊。

# 美女的網路新詞

當下，做個女人還眞不錯。

瘦的叫苗條，胖了叫豐滿；愛傻笑叫陽光，繃著臉叫冷豔；有才氣叫才女，沒才氣叫淑女；高的叫亭亭玉立，個矮的叫小巧玲瓏；活潑的叫顧盼生輝，矜持的叫穩重大方；化妝的叫嫵媚動人，不化妝的叫清水芙蓉；穿得整齊叫端莊華美，穿得隨意叫瀟灑自如；沒脾氣的叫溫柔，脾氣大的叫潑辣；追的人多叫眾星拱月，沒人敢追叫傲雪寒梅；天天在家不出門叫賢慧，天天在外不急著回家叫女權……

從前，眞的是美女才叫美女。現在只要年齡上不算太老的女人都叫美女，不再稱「小姐」了。從中國人的舊習視角看，美女往往有胸無腦。老天大致公平，美女大多無才，才女甚少有貌，女人才貌雙全，內外雙修，大概也就活不很長。於是，近來流行稱女人為「氣質美女」，才華、風度、品味、秀雅都能裝進「氣質」。這四個字眞是好用，討巧極了，千萬背熟了再踏上中國大陸。

世界上的氣質美女，數法國首屈一指。前幾年，中國人歐洲旅遊開放，法國是必選的一站，欣賞風情萬種的氣質美女是理由之一。這幾個月，法國惹怒了中國人，反法怒潮下，法國遊的中國人數驟減。不過，週前《巴黎美女指南》一書引起中國人熱議。此書作者是法國外長助手皮埃爾．路易．寇蘭，目前尚無中譯本，中國網民千方百計從網上下載，懂法文的網民競先翻譯。儘管法國總統薩科齊因向北京奧運「漫天要價」，招致中國網民齊聲喊打，不歡迎他在奧運期間來華，但中國網民對法國美女仍津津樂道。

《指南》作者聲稱，是要告訴外國遊客，巴黎不只有鐵塔和博物館。這部巴黎遊的另類指南說，不同地區女性有不同特點，正如各地區都有獨特的烹飪方法。法國第一夫人卡拉．布魯妮居住過的馬德萊娜，美腿美女隨處可見；梅尼爾蒙唐的美女，則以胸部豐滿而著稱；想欣賞「自文學產生以來所有幻想之母」的悠閒小資，去專賣流行服裝的小商店或高雅咖啡廳必是不錯選擇；如果要見四十至六十歲的漂亮熟女，應該去內衣店轉轉……

巧笑倩兮，美目盼兮。光彩奪目的美女總是人見人愛。與巴黎美女的性感有異，中國美是端莊含蓄的。不過，當下這一說已是愚鈍了。早些日子聽聞北京奧運禮儀小姐都出自高校「校花」，說三圍要達標，訓練很刻苦云云。日前讀報，不由瞠目。四十名上海女大學生入選奧運禮儀小姐，其選拔標準相當苛刻：身高須在一六八到一七八公分之間；額中髮際線到鼻根，鼻根到下顎底線的三段距離要相等；眉頭與眼角大致垂直，眉尖在鼻翼與眼尾的連線上；大腿曲線柔和流暢，小腿腓腸肌位置較高並稍突出等等。

記得當年漢城（首爾）奧運，韓國禮儀小姐身著穩重而飄逸的民族服裝，連腰身如何都看不清楚，世人卻領略了韓國女人典雅的美。到了華夏神州，中國東方女性的美，怎麼就要求鼻尖與鼻根的距離，大腿與小腿的曲線。不明白，這與奧運禮儀有什麼關連。空中小姐都是美女了，時下各航空公司都將奧運空姐打造成「東方淑女」，練習微笑，被要求露八顆牙齒，有的空姐咬著筷子訓練，直到面部肌肉僵硬。即使是簡單的鞠躬也各有分寸，說「歡迎你乘坐」時，鞠躬十五度；說「感謝你乘坐」時，鞠躬三十度；向客人賠禮道歉時，鞠躬四十五度。

北京奧運禮儀小姐、空中小姐已屬「極品美女」。在當下的中國大陸，美女只是統稱而已。去北京看奧運，欣賞中國美女，不能不了解時下的美女流行群體，也算是仿《巴黎美女指南》的一份北京另類「美女指南」：有代表都市高端女性形象的「白骨精」，有脫胎於韓劇的上世紀八〇年代後的「野蠻女友」，有追求物質和精神雙重享受的「小資女」，有擁有高學歷、收入豐厚、追求生活享受、獨立意識強的「布波（BOBO）女」，有吃健康食品有機蔬菜、穿天然材質棉麻衣物、使用二手家用品、騎自行車或步行、練瑜伽健身的「樂活女」，還有每月都花完工資收入的「月光女」，依靠父母補助度日的「啃老女」，學歷高、收入高、年齡高的婚姻上得不到理想歸宿的「剩女」等。

那天一幫友人相約北京「鹿港小鎮」餐廳相聚，一位從未謀面的美女賀悅然，被朋友們稱爲「資深宅女」。說起什麼是「宅女」，她如此描述自己一天生活：上午十時起牀，晚上十二時上牀，其間上網或看新聞，或上論壇，或打遊戲，或下載紀錄片，或找點賺錢的私活，吃飯不是泡麵就是乾糧，很少開手機和上MSN或QQ，出門超過二公里就覺得太遠，到人多的地方更是受不了。宅女的口號是：能不出門就不出門，只要送飯上門管飽就成。這些年輕美女家門一關自娛自樂。「宅女」大都是上世紀八〇年代後出生的獨生孩子，在疼愛的目光下成長，步入社會難以一下子展示自我，於是在網路虛擬世界尋找舞台。

京城美女中，除了「宅女」外，最新流行的網路美女還有：

——「沒女」，特指那些沒長相、沒身材、沒青春、沒財富的女人。她們一無所有，往往能激發自身勇氣，無所顧忌，一心一意去爭取，「眞美女」常常被她們擊敗。

——「輕熟女」，相對於二十五至五十歲的熟女，「輕熟女」泛指二十五至三十五歲的菁英未婚女子，內心成熟，談吐優雅，能克制慾望，辨清人生方向，處世得當，享受流行又不盲從流行。

——「干物女」，像香菇、干貝一樣乾巴巴的女人，凡事喜歡輕鬆，吃穿隨意，口頭禪是「隨便吧」、「麻煩死了」，業餘時間愛在家，躺在沙發上邊喝飲料邊看電視，或上網，不願談戀愛。

——「曬女」，熱衷用文字和照片將私人物件、私人生活放在網上曝光，在網路上「曬」衣服，「曬」老公，「曬」孩子，「曬」感情，樂於敞開心靈，互動中找到共鳴。

——「孔雀女」，從小到大生活上順風順水，在父母寵愛下成長的嬌嬌女，內心單純，衣食無憂，崇尚純眞愛情，但有的喜歡「開屏」，有意無意顯擺，愛慕虛榮，全身名牌。

……有關美女的網路新詞層出不窮，不一一贅述。美麗無罪，美女有理。這個時代北京美女的群體特徵和生活方式，正等待你去認識。

# 你還是男人嗎？

時下的中國人正流行一段段看了電影後的語絲：

看完《色．戒》，知道女人不可靠；

看完《蘋果》，知道男人不可靠；

看完《投名狀》，知道兄弟不可靠；

看完《集結號》，知道組織更不可靠；

看完《長江七號》，知道地球人都不可靠。

《色．戒》：救你命的還是你的女人；

《投名狀》：爲你報仇的還是你的兄弟；

《集結號》：拋棄你的始終是你的組織。

《色．戒》：女人是可以用十克拉搞定的；

《投名狀》：兄弟是可以用官位搞定的；

《集結號》：組織是可以把每個人搞定的。
《色．戒》：女人爽了才可靠；
《投名狀》：兄弟死了才可靠；
《集結號》：組織永遠不可靠。
《色．戒》：不要玩敵人的女人；
《投名狀》：不要玩兄弟的女人；
《蘋果》：不要玩老闆的女人；
《長江七號》：不要玩外星的女人；
《集結號》：沒有女人就都玩完了。

還有更多，都是有關近期播映的電影。歲末年初，在香港，看了《投名狀》；在上海，看了《集結號》；在北京，看了中央電視台第一套黃金檔開年大戲，即五十二集電視連續劇《闖關東》。忽然感覺，在銀幕螢幕上霸佔了多少年的美女全靠邊了，眼下盡是輪番上映男人戲，表現的是男人的血性男人的情義，展露的是男人的滄桑男人的磨難。一大幫中國爺們兒集體復甦，男人挺直了腰板，男人抖擻著精神。

這些電影，長了男人的志氣，其實，在生活中，這類陽剛的男人是少而又少了。女人都清楚，今天走近男人，會發現男人比她想像中脆弱。即使表面天塌下來也能撐得起的男人，內裡原來是脆弱如灰土的心靈，一旦受到打擊便會折斷。原來，外強也只是外強內弱。前不久讀報，記得吉林省四平市發生過一件事。一歹徒持刀搶劫一女子，一中年男子路過，目睹這一場景，竟然沒有上前制止。歹徒轉過頭大聲挖苦該男子：「你看見我在搶劫婦女都不管，真是窩囊廢，你還算是個男人嗎？」歹徒說完，搖搖頭便揚長而去。

現在的男人都不像「男人」了。聽上海一所中學的女校長說過一件事：一樁普通的學生糾紛令教師們都哭笑不得。一名身高一七〇的初中預備班男生，流著淚找到班主任老師，怯怯地投訴說自己被女同學小莉打了一記「重拳」。教師們聽了都不知該如何勸這位男學生。上海普陀區有一項抽樣調查，結果顯示，中學校園男生柔弱而女生強勢的情況相當突出。從三所中學回收的二百八十五份問卷中，男生評價女生「爭強好鬥，蠻不講理」的佔二十二%，女生說男生「沒有主見，遇事膽小，講話娘娘腔」的佔二十七%。一位班主任說了那麼一件事：一天她和幾個女學生在聊天，話題是身邊的男同學：「我們班裡十字繡繡得最好的是男生」，「踢毽子次數最多的也是男生」，「男生喜歡斤斤計較，昨天還與我們爭搶秋遊乘車座位」。這時，一名男生走過來，翹著「蘭花指」問：「糗人，你們在議論誰？」一女同學脫口而出：「管你什麼事，彈開。」那男生回應一句：「哎吆，這麼野蠻，不睬你們了。」說著，他施施然離去。

男生柔弱，凸顯女生剛強。男不像男，女不似女，這是生活環境造成的。現在都是獨生子女，缺少同性夥伴，異性朋友也成了玩伴，雙方互相影響，潛移默化，因此女帶「武腔」，男帶「娘腔」，而家長對孩子的過分溺愛，也是造成「男弱女蠻」的原因之一。這些年，那麼多中國男男女女愛看韓劇，韓劇塑造的男人形象沒有男人味道，韓劇柔美委婉的陰性滋潤了中國男人。韓劇，女人看得如痴如醉，女人編，女人看，家短里長，男人理應不屑。但不少男人或被女朋友，或被老婆押在一旁默默地看韓劇。無論是劇裡劇外，韓劇在一些女人那裡成了「鎮壓」男人的一種有力武器。從男性的視角看，那些被女性追捧的韓劇男主角，除了說他們克制、婉約，具備無條件無由頭理解女性的進化程度外，根本看不到他們身上的力量和本能，甚至令人很懷疑他們的武功全廢。

在香港，四十多年來爲市民帶來無限歡樂的明星「開心果」沈殿霞，病重而一度在生死邊緣徘徊，看透了人生的她，在接受電視訪問時談到當年婚姻的失敗，她說了一句頗令人回味的話：「女人千萬不要比男人強。」

# 草食男，顛覆男人形象

男人，「力」與「田」的組合，象形與會意構造的一個漢字。有人說，男人的「力」，既是與生俱來的勇猛，更是千錘百鍊的毅力，而男人頭上的「田」，正是心高氣傲頂起的大世界。記得女作家池莉筆下那句話：「寫男人，用筆可以俊朗、簡潔、幽默，就像剪裁一件冷色調的男式長袍。」不過，現在的男人，已經可以很女人，甚至比女人還女人。早有調查指出，男人愈來愈中性，雄性的性徵逐漸消失，像人類的尾巴，長期不使用，愈縮愈短，最後在背脊消失了。

當下，中國大陸出現了一個新興名詞「草食男」。就像食草動物一般，他們友善溫和，長相中性，毫無攻擊力，在婚戀上總少了些男子漢應有的主動，不會積極追求戀愛性愛，而喜歡不慍不火而又乾手淨腳地和女孩在一起。他們和女性的關係始終處於「比友情多一點」，又「比愛情少一點」的狀態，因毫無攻擊性而讓身邊的女孩不設防。他們不願承擔過多責任，也不想受到太多傷害，信仰的人生哲理是「敵不動而我不動」，以免輕舉妄動而後承擔責任。

那天看電視，二十五歲的市場助理梁素雲坦然面對電視鏡頭說，她認識了一個比她大四歲的客戶，在工作中彼此配合得很愉快很有默契，她明顯感到他對她很有好感，喜歡聽她說的任何話題，常常是發自內心的笑，還常常找藉口約她外出見面吃飯，再芝麻綠豆的小事也會放在心上。強烈的直覺告訴她，這就是自己要找的男人，和他在一起就很舒服，每天睡覺前的最後一件事，就是盼著他的電話。不過，她遲遲不見他有進一步的言行，比如鄭重地讓她成爲他的女友，他的戀人。一次在餐廳遇到他的老同學，他只是把她作爲一個普通朋友介紹的。另一次，他說週末沒時間與她見面了，因爲他母親過生日。她說，她買蛋糕一起去，他卻沒有接過話題，似乎沒有聽到她說的。

梁素雲說：「我是個女孩，雖然喜歡他，但總不能沒皮沒臉地死纏爛打吧。我給了他那麼明確的暗示，他仍不採取積極行動把握，一副不死不活的狀態，態度很曖昧，面臨關鍵問題，總是躲躲閃閃，實在不知道他究竟怎麼想的，令我一會兒幸福，一會兒絕望。」既然已傳出喜歡人家的信號，人家還不來追，似乎對自己沒意思了，那還怎麼去纏人？走近男人，她才發現男人比她想像中脆弱，她原本以爲，男人是天塌下來都可以撐得起的。

錯了，她不了解這男孩是典型的「躲閃男」。當下，不少男孩早就喪失了追女孩的膽略，個性溫和而被人們指責爲缺乏男子陽剛氣概。這二十五歲的女孩，以爲男人眞是像她想像的那麼強大，永遠知道該要什麼不該要什麼，那實在是太高估了他們。女人有多脆弱，他們就有多脆弱，女人有多拿不定主意，他們就有多拿不定主意。被稱爲「躲閃男」的正是「草食男」的一種。

「草食男」最初出現在日本，源自日本作家深澤眞紀筆下，當下成了日本的流行語。中國中老年人提起日本男人，往往會先想到《追捕》影片中的男主角飾演者、硬朗的高倉健，頑強、執著、敢爲。二十年前的日本男人認爲，只要自己努力，就必有收穫。路，在自己腳下，因此主要精力放在對外打拚。二十多年過去了，日本影視劇中的男主角形象，已從「主動出擊」型轉向「守株待兔」型，很難再看到高倉健那樣的「拚命三郎」了。

日本男人從「食肉」向「食草」轉變，喪失了大和民族的武士精神，令日本成了陰柔之國。日本一家網站羅列了「草食男」的評定標準，符合以下七點中至少三點，就可被劃入「草食男」：一、心思纖細；二、會與女友外出購物旅行，卻依然沒有發展到戀愛關係；三、對戀愛關係不積極不主動；四、更願意在家而不是外出；五、認爲光顧色情交易的風俗店是浪費金錢和精力；六、與其花時間和精力與人交往，不如費些心思打扮和犒勞自己；七、與他人關係停留在某種程度就不想向前發展。最近，日本一家婚姻介紹所在街頭訪問了四百多名三十多歲的未婚男女，評選出日本「草食男」典型，即日本傑尼斯事務所的偶像團體SMAP的草彅剛，因爲他「看起來很頑固」，即使沒有女友也是「完全不在意的樣子」，給人感覺「很中性」。只是後來醉酒在公園裸奔而毀了形象。

在中國，這股「草食化潮流」悄然興起。接觸上世紀八、九〇年代出生的男孩，你會發現愈來愈多的人具備「草食男」傾向。男人對他心儀的女人，往往手足無措，對其他沒特別好感的女子，反而可以高談闊論，揮灑自如。他內心眞喜歡的女子，只有遠遠望一眼的膽量，如果兩人單獨相處，他竟緊張得連話也說不出。女人會奇怪，爲什麼別人口中輕鬆幽默的他，在自己面前會如此拘謹，談話內容會如此乏味。

是成長環境的飛速變化，影響了這些男子的性格。生長在物質豐富的時代，沒必要爲了得到什麼而奮鬥，從前的男人是家庭的支柱，要爲全家溫飽去打拚，現在的家庭不愁吃穿，可以不費吹灰之力得到必要的生活物質。日新月異的社會，世事難料，充滿各種不確定因素，不是所有事情能由自己掌控，因此缺自信，少激情。

「草食男」溫和細膩，不計較，不爭辯，不拘泥於大男人主義，接受男女平等。

其實，「草食男」只是一種暫時處於安眠狀態的「肉食男」而已，之所以安眠，是因爲有很多心理因素，比如，害怕踏出那一步，害怕改變跟女性之間的實質關係，這些都讓他們暫時壓抑自己的肉食天性。不過應該看到，「草食男」的身體裡，依然潛藏而湧動著「肉食男」的活力。

那位二十五歲的市場助理梁素雲，首先要明白，那個他究竟愛不愛你。

要知道一個男人愛不愛你，其實很簡單，只要看那個男人是否給你尊嚴，是否會讓你覺得自己高貴，覺得你在他的世界裡是最重要的。明確了這一點，面對心理年齡遠遠小於生理年齡的「草食男」，女的不妨主動出擊，讓他明白，和你在一起，比單身一個人要好；和你在一起，比和其他女孩一起更好。女追男當然不是隔層紗那麼容易，但人生伴侶，事在人爲。

# 有一種魅力叫「帥哥經濟」

陪內人，陪女同事，抑或陪同女的朋友去享受足底按摩，我都會要求安排一名帥哥，爲身邊的女性做按摩，如同要求女子爲我做按摩一樣，如果是一個男人的手，在我身上按按摸摸，那簡直是受罪，何談心理的放鬆。讓女人卸下種種束縛，在男子殷勤的服務中，獲得內心的滿足和尊嚴，這是社會的一種進步。這樣的事，在從前是難以想像的。

從前的很多事，現在都不對了。從前，黃瓜是放到嘴裡的；現在，黃瓜是敷在臉上的。從前，泳衣是用來游泳的；現在，泳衣是用來選美的。從前，狗是看家的；現在，人是看狗的。從前，日記是用來記載自己內心秘密的；現在，日記是用來放到網上「曬」而讓人唾棄的。從前，朋友可不是酒肉關係；現在，一次面都沒見過的都叫網友。從前，電視廣告中的主角，是以女模、女明星爲絕對首選的；現在，一個個帥哥俊男搶佔了美女的飯碗。這就是世道的變遷。

F4四個美男代言聯想電腦，郭富城永遠的百事可樂，田亮塑造安利產品健康形象……甚至一個個帥哥代言女性用品廣告：歌星王力宏出任美白護膚品代言人，明星任賢齊爲某品牌女鞋吆喝，名模黃家諾爲演繹健美身材而推銷某減肥茶……帥哥在聚光燈下，把美女趕下台，秀出男性的吸引力。

長期來，從超級女生到香水女生，一盤普通的家常菜，只要被美女這麼一端，價格就倍增，似乎色香味俱全了。時值金融危機之際，商家的營銷手段層出不窮。商人的嗅覺最靈敏。大眾消費群體以女性居多，依據異性相吸的理論，以帥哥搶人眼球，妹子服務被靚哥取代，帥哥經濟成了新一輪刺激經濟增長的催生劑。可以說，俊男與美女一樣都是讓異性賞心悅目的，誰都不能虛僞地迴避人對美的事物嚮往的眞實心理。

「這裡有橘色、紫色、藍色三個色，我每種顏色都替你化妝一下……小妹，你看，都不錯吧。」

「你的眼睛好漂亮，再配上我們的粉餅就更有神采了，男孩個個會爲你傾倒呢。」

「這樣的妝容，配上你這身同色系的外衣，回頭率更高了，你說呢？」

帥哥一句句令女人窩心的話。當下的現實生活中，女人要聽到令自己感動的話，是愈來愈少了，愈來愈不容易了。相對男人是用眼用手談戀愛，女人是用耳朵談戀愛的。聰明的男人，只說不做，女人傻乎乎照樣快樂甜美，難怪感情騙子靠的是一張嘴，女人喜歡來自聽覺的感動。那天坐在北京三里屯一家酒吧，邊上坐著一對年輕男女，女的說，這家酒吧太有情調了，我們將來也要擁有這樣一間酒吧就好了。那男的竟一臉認眞說，你喜歡的話，我明天就送給你。這家酒吧，第二天、第三天當然沒有易手。不過，那男的說完這句不負責任的話，女的一臉甜絲絲笑容，把頭枕在那男的肩上。

如今，女人在情場生活中不容易聽到令自己感動的話語，便直奔商場櫃枱就是了。這裡得不到，就在那裡得到補償。那些女用商品的男推銷員，擁有帥氣的外表，溫柔的語調，又有專業知識。女人去商場，只是要一睹他們的帥氣，享受一次「男式服務」，一擲千金也在所不辭。於是，帥哥愈來愈多地出現在化妝品、女鞋、女裝、香水，甚至女內衣櫃枱前。

女性追求美麗的那份執著和投入，比男人強烈多了。報載，一名十七歲女孩，從小就把自己的一頭長髮視作命根子，不願輕易剪去，那天從學校回家，對鄰家姊妹說，準備與同學結伴去一家髮廊修剪頭髮，不貴，二十元（人民幣）一個，主要是那家髮廊操刀的全是帥哥，尤其那個店長，眞是帥透透。她嚥了一下口水繼續說，已經有三個同學去過了，百聞不如一見，如果眞是那樣，以後就每半個月去一次那髮廊。在她們眼裡，帥哥是一本讀不厭的書。男人欣賞美女是一種本能，女性欣賞異性，也是生活中不可缺少的甜美。

在上海陝西路，一家家鞋吧裡，店堂播放著搖滾樂，幾個帥哥吆喝著搞氣氛。一個個女生在試鞋，帥哥跪在邊上，紳士般伺候著。在生活中，在情場，女人要知道一個男人愛不愛你，這很容易，就是看愛你的那個男人會不會給你尊嚴。什麼樣的尊嚴？就是他讓你覺得自己高貴，他讓你覺得你在他的世界裡是最重要的。一個帥哥跪著替你試鞋，這種感覺的享受，小女生還從未有過。

一個女生歪著頭，就像在問男友：「你說這雙鞋適合我，還是那雙？」帥哥輕輕拍拍她的手，曖昧地笑著說：「要我說啊，兩雙都合適。你的腳型很美，有骨感，足跟又圓潤，露出的腳趾很性感。這兩雙涼鞋都配你的腳。」女生從來沒有男人如此誇她的腳，心裡甜得醉了，她還忸怩問：「是真的嗎？」那帥哥故作姿態：「我可不騙你噢，鞋子有問題來找我好了。」還用說？兩雙鞋，她都買下了。

在杭州銀泰百貨、湖濱名品街，在北京東方新天地、新東安市場，都不難發現，一些知名女裝品牌起用帥哥店員。看來，商場上陰盛陽衰的場面，已在不知不覺中改寫。從清一色美女店員，變成清爽型英俊小生與美女美嫂混搭的新結構。有趣的是，相當比例的男店員銷售業績，往往超過美女店員。這一現象令許多品牌老闆不得不重新研究女性購物心理學了。

何謂魅力?字典解釋：很能吸引人的力量。帥哥經濟當道，帥哥前面的定語就是青春、陽光、有型，一個字：酷。這就是魅力。前不久，人們還在討論美女經濟，如今，帥哥經濟已來到眼前。女性經濟地位和社會地位提高，帥哥經濟的紅火是必然的。一些男人竟爲此沮喪和自卑，其實，男人應該自豪，女人如此需要你。

# 你知道「經濟適用型男」嗎？

「哎吆，你家老公現在可吃香了，『經濟適用型男』呀，現在太多女孩子追求哦……」喬芳在網上聊天，對方傳來這句話，令她摸不著頭腦，一頭霧水。「經濟適用型男」是什麼？她又不敢問對方，免得又被對方說自己落伍。事後，喬芳尋求網路幫助，一查，竟令她啞然失笑。

「經濟適用型男」是當下中國大陸新興流行語，源於「經濟適用型住房」。經濟適用型住房，是指社會保障性質的商品住宅，具有經濟性、適用性特點。經濟性是指適應中低收入家庭的承受力，適用性是指住房設計和建築標準上強調實用效果。「經濟適用型男」套用「經濟適用型住房」，即這樣的男子不吸菸，不喝酒，不賭錢，不關手機，無紅顏知己。

金融危機下，「經濟適用型男」是當下女白領最爲熱捧的擇偶目標，成了一股清流。「經濟適用型男」的形象代理人爲《西遊記》中任勞任怨、忠心耿耿的「沙和尚」。沙和尚走紅的原因正是這樣的男人都是好老公、好父親、好員工。

在中國女子嘴裡，用股票市場的俗語說，這些男人被稱爲「潛力股」。金融危機讓更多中國女人開始覺醒，不再逼迫自己的男人追逐財富和權力，而是懂得欣賞過小日子。節儉和精算成爲不少中國女子的一種生活策略。在金融危機衝擊下，開始從盛世幻覺中醒來，被迫面對嚴峻的生活現實。

「經濟適用型男」分布的範圍主要是：教育界、IT行業、技術類領域等。月薪在三千至一萬元人民幣。在女子眼中，當下的「經濟適用型男」炙手可熱，因爲嫁給這樣的男人，無異於嫁給好的生活。從物質需求看，「經濟適用型男」雖然比「奢侈品男」經濟條件差，沒有「金龜婿」那般氣派響亮，比普通職業的男性卻有優勢，「比我老公顧家的沒我老公有錢，比我老公有錢的沒我老公顧家」，這是嫁給「經濟適用型男」的女人特別自豪的。

「經濟適用型男」視家庭爲生命，對妻子忠心不二，從公司到家兩點一線的生活模式，沒有什麼不良嗜好，幾乎將全部收入交給妻子，宛如一台節能低耗而又高產出的印鈔機。再說，「經濟適用型男」大都在公司裡管理著一個小團隊，能力和品質過硬（指禁得起嚴格的考驗或試驗），思維縝密，處事果斷，責任心強，這些是職業要求，而對家人而言，有責任心，無疑是品質必備。

那天在北京與一群來自各地的白領聊天。席中從上海來的陳豪，被眾人稱爲標準的「經濟適用型男」。他是一家外資公司的部門項目經理，性格沉默寡言，素來沒有太多交際，最大興趣就是在網上玩圍棋。金融危機前，公司業務繁忙，他很少能準時下班，每週有兩三天要爲業務在外應酬吃飯，時下，公司的業務淡了，就有更多時間坐在自家的飯桌邊上，幾乎天天回家陪妻兒吃晚飯。陳豪說：「朋友們都說剛過去的冬天很冷，可我的小家卻更溫馨了。」以往，他不回家吃飯時，兒子不能吃成人食物，妻子獨自用餐就很簡單。陳豪回家吃飯，妻子就會做幾個好菜，一家人邊看電視邊吃飯。兒子看到父親回家就會特別黏他，做什麼事都說「我要我的好爸爸」。陪著兒子玩，教他識字，哄他睡覺，妻子看在眼裡，特別甜蜜。

這些日子來，陳豪開始學會精打細算過日子，夫妻倆會把兒子不再玩的玩具拍了照片傳到網上，賣給其他需要的年輕父母，或者和網友交換一些別的玩具。他倆還會在網上買一些打折的購物抵用券、交通卡，一百元人民幣的交通卡，在網上七十至八十元就能拿下。以往，他一個月才會陪妻子逛一次超市，現在他倆每週會去一二次。出發前，會先研究一下超市發來的打折小冊子，看看有什麼需要的東西。常去超市，陳豪琢磨出一些規律，於是告訴妻子，多注意貨架上最高處和最低處的商品，放在貨架中間的商品大多是最貴的，而不起眼的角落裡則會有些便宜貨。同樣的商品，要拿貨架最裡面的，保存期短的一般都會放在最外層。在妻子眼裡，勤儉的美德是顧家的表現。妻子聽了，一臉溫馨。

「經濟適用型男」生活在「樂活」狀態，金錢慾望雄性激素不那麼濃，溫和而不暴力，懂得尊重女性，待人真誠，相當顧家，給孩子有安全感的童年，知道如何滋潤地過日子，不會逞強當英雄，總幻想一夜暴富。不過這類「經濟適用型男」，往往呆板沉默，缺少情趣，不會花言巧語，一年四季，女人別指望能收到他的禮物，如果能忍受這些缺點，那成爲「經濟適用型男」的妻子也就沒太多問題。

不能嫁入豪門當闊太太，金龜婿、「奢侈品男人」又稀有，可遇不可求，金融危機下，找到一個收入穩定而又戀家的男人，起碼有家庭這個避風港，給自己遮風擋雨，「經濟適用型男」雖然不完美，但他們的學歷、能力、品質都不會是問題，至於樣貌，只要不是遭遇什麼重大自然災害，應該不會差到哪兒。

多年來，中國女性沉浸在盛世幻覺之中，暴發的新貴階層，崛起的中產階層，高級的公務員們，都被經濟增長而收入增加所激勵，狂熱捲入享樂奢侈的浪潮，在名利場上翻滾，而互相攀比的民族習性，更加劇了婚戀市場上的奢靡之風，婚戀並消費著，消費並精算著。二〇〇九年的關鍵詞之一是：簡—儉—減。

讓夢幻減肥，讓程序簡單，讓要求儉約，開始一場「簡式」生活。

「經濟適用型男」不顯山露水，卻具備諸多優點的複合型人才，時下正悄然成爲婚戀市場的主流。當然，要求「呆頭鵝」成爲「白天鵝」是不可能的。流行歸流行，冷暖須自知，正是「甲之熊掌，乙之砒霜」。未戀未婚的女人，婚戀是一個動詞，「狀態」由自己選擇。

# 情調是年輕人的專利？

「結婚久了，最大的壞處是，有時躺在牀上，你分不清身邊的那個人和枕頭有什麼差別。」中國人口宣教中心在三萬二千九百零六人中作過一項調查，結果再次印證了這一說法。數據顯示，中年夫妻親密指數普遍較低。於是總要抱怨，婚姻生活平淡是離異的主因。

人們常說，愛情從餐桌開始，然後走到牀上。其實，當年與你在餐桌上風花雪月談興濃濃，在牀上情投意合相擁的戀人，過了若干若干年後，也是從餐桌到牀榻這條路漸漸老去的。如今在餐桌上，你們無意中提到一個朋友，往往是相識於二三十年前的；當年你們倆肌膚零距離接觸，兩次之間只需要休息十分鐘，如今雙方都需要休息半個月、一個月。人畢竟都老了。

多年前看到的一幕，至今依然感動。那是夕陽下匆匆趕回家，我走到一幢樓房前，看到一對七八十歲的佝僂老夫妻，女的一頭銀髮，依然飄逸，男的謝頂腦袋後半坡，還劫後餘生長著些許髮絲。女人弓身站在一輛輪椅前，滿是皺紋的臉略顯痛苦狀，男的眉毛都白了，雙眼卻透出溫柔，顫顫悠悠地慢慢扶她坐下，也不知是何故，女的就是坐不到輪椅上。男的沒有不耐煩，扶著她，微笑著，輕輕說著什麼，依然小心翼翼。女人像無所顧忌的孩子一樣，時不時要甩脫男人的手。她不要老伴攙扶，要自己坐上輪椅，看來，她年輕時一定很倔。女人剛坐定，男人朝邊上草坪緩緩移步，弓著的背，彎身摘下兩朵黃色小野花，走回輪椅前，將小花插在輪椅把柄上，女人湊近鼻子聞了聞，微笑著搖搖頭，似乎在說：不香的。看到我站在那兒凝視著他倆，他們顯得有點尷尬，就像少男少女初次約會被人撞見似的，趕緊朝前去了。

夕陽下，平淡而美麗。這是人世間最美的一幅畫。男人女人初戀時，都會有特別的耐心和情調，一旦結婚成家，婚齡增長，耐心沒有了，情調也沒有了。突然間，我明白了，愛情是什麼。愛情就是兩個人手拉手，一起慢慢變老，在夕陽下，老夫老妻仍有情有調而互相關愛。

最默契的理解，最溫情的熨貼，這是最持久、最牢固的浪漫。

現在社會上不少夫妻都這麼說：結婚這麼多年，孩子都長那麼大了，老夫老妻該交流的早就交流過了，還有什麼好說的。文章開篇說的那次調查顯示，中年夫妻間偶爾有交流或沒有交流的佔二十四％，且隨著年齡增長呈上升趨勢；只有四十一%的夫妻經常有親密舉動。可見，婚姻的殺手有時並不是外遇，而是時間。

情調，不是那種虛華的豔麗與綺迷，而是心靈深處的和諧與輝映。誰說只有年輕人才講情調？上海有一對九十多歲夫婦，結婚七十年的李九皐和陳素任，始終講足情調。

這對老夫老妻，每天晚餐都手牽手，結伴去雁蕩路南昌路口的「潔而精」飯館，點的菜很少，要的只是一份情調。他倆早餐習慣在家吃麵包、喝牛奶，晚上享用「燭光」宴，喝喝茶，聊聊天，坐在飯店靠街的一角，看落地窗外下班時分人來車往，獨享一份清閒。有經濟實力作後盾，他們幾乎不在家裡做飯菜。家裡空間狹小，沒有一絲油煙氣，卻飄著一股淡淡清香。自一九九八年起，他倆幾乎天天在「潔而精」用晚餐。其實，早在一九五二年，他倆就喜歡這裡的菜餚，只是後來由於工作而分居京滬，李在北京工作，陳在上海居家，這菜餚的味道間斷了二十年。這味道，成了老夫妻對年輕時代懷舊的回憶。九十多歲了，這對夫妻依然都穿著牛仔褲，在大陸出現牛仔褲時，他們就喜歡穿，滿頭銀髮的陳素任最愛漂亮，始終留著修長的指甲，穿光鮮的衣飾，皮膚白皙，打扮悅目。

李九皐九十多歲還在上班。穿衣瀟灑挺拔，外出時白髮向後梳得一絲不亂。

他當年在大學教書，英語超好，又熟悉經濟文本。李退休後，每晚依然閱讀《時代週刊》和《讀者文摘》等英文書刊，陳在一旁小憩，斗室燈光如豆，書香裊裊。一九九八年友人介紹他進一家台資商務中心當高級顧問，查核英文合同。早些年，他每週上三天班，後來只需上一天班，上下班由公司專車接送。工作給他生活帶來快樂，也有自我滿足感。

陳素任從小嬌生慣養，也常常與李拌嘴，每次都是李讓著陳。他心甘情願成爲她的「出氣筒」，因此，衝突不久便偃旗息鼓，而後便相視而笑。李耳朵背，在「潔而精」飯館用餐時，女服務員要彎身貼近李的耳朵講話，陳還會吃醋，臉色一沉：「你還沒聽到，我都聽到了，我不高興了。」後來，女服務員都知道老太太醋勁大，只要他倆一進飯店，她們全圍著老太太轉，哄得她喜笑顏開。

醋勁也是一種情調。生活不僅僅是甜言蜜語、燭光晚宴，也是柴米油鹽與鍋碗瓢盆交響曲。他們沒有驚天動地的戀愛故事，卻有情調地走過大半生，今天依然出雙入對，白髮人生重演著當年那一幕幕黑髮故事。

總有一天，人都不再年輕，走向中年，步向老年，人生的風霜將髮絲染白，對此不用在乎。人就這一輩子，只是別讓自己在生命的最後日子裡，才醒悟自己虧欠對方太多。

# 像對待女神一樣寵愛她

走近情人節，常會想起春節前特大雪災中那個眞情故事。

二十四歲的「眞漢子」杜登勇，湖南省慈利縣。他和女友都在深圳打工。春節前夕他女友先回湖北家鄉。那天他接到女友周永紅的手機簡訊，說她在回湖北家鄉監利的路上，被大雪封堵三天了，滯留在京珠高速公路的衡陽與衡東縣段，進退不得。當地氣溫已降到零下，女友還患上感冒。不多久，女友的手機關閉了，杜登勇估計是手機沒電了。心急如焚的杜迅速搭公車去韶關，因京珠高速公路已被冰雪封鎖，他毅然連夜步行前往四百多公里外的株洲段尋找女友。

他沿著京珠高速公路，頂著風雪艱難前行，在雪地上孤身走了十六個小時，到達湖南與廣東接界的梅花鎭。此時，他已經凍成一個「冰人」，外衣也結了冰，連冰化的頭髮都硬邦邦的。他身上只剩下三十二元人民幣，爲了省錢，一路上他只吃了一餐。好心人送給他的麵包，他捨不得吃，想起風雪中堵塞在路上的女友又凍又餓，實在吃不下肚。他終於走到郴州，至此，已經走了一百多公里的雪路。他說：「當時，我只有一個信念，一定要找到她，就是爬也要爬到她眼前。」杜登勇揹著包，繼續前行。天上時而飄雪時而下雨，路面的冰層已有半尺多厚，最低氣溫已降到零下。

長途跋涉令杜登勇體力嚴重消耗，全身冷，腿腳痛，雙腿漸漸失去知覺，困在途中的女友仍沒有消息，幾個好心人知道了他的行動，紛紛伸出援手，提供住宿，替他四處打聽女友的消息……

結局如何？不得而知，他是否找到了女友，是否在大除夕團聚，人們都爲他的眞情祝福，說杜像對待女神那樣寵愛自己的女友。當下像杜這樣的「情痴」，男人中，似乎不多了，女人中，似乎也不多了。相親相愛，長相廝守，儘管風雪連天，但天地皆春的美妙境界，如今顯得難能可貴。

前不久，接到朋友的手機簡訊：

這年頭——

老婆像「小靈通」經濟實惠，但限本地使用，

二奶像中國電訊安全可靠，但帶不出門，

小蜜像中國移動使用方便，但話費太貴，

情人像中國聯通優雅新潮，但常不在服務區。
這年頭——
女人漂亮的不下廚房，
下廚房的不溫柔，
溫柔的沒主見，
有主見的沒女人味，
有女人味的亂花錢，
不亂花錢的不時尚，
時尚的不放心，
放心的沒法看。
這年頭——
鄉下早晨雞叫人，
城裡晚上人叫雞；
這年頭——
過去把第一次留給丈夫，
現在把第一胎留給丈夫；

簡訊寫手「太有才」了，讓人讀了忍俊不禁，所寫的無疑反映了社會的部分現實。當下的中國，離婚率高，婚外情成了婚姻頭號「殺手」，數以百萬千萬計的夫妻面臨著婚姻破裂的危險。在網路上讀到這樣一組數據：中國大陸目前的離婚率逐年上升，從二十年前的〇．七%，到今天的五%；中國離婚率最高的城市：北京三十九%，上海三十八%，深圳三十六．三%，廣州三十五%……這組數據似乎有點誇大，不過，愛了，婚了，散了，中國人正處於感情多發期，卻是事實。

官方的統計顯示，自一九九五年以後，每年離婚人數都在一百萬對以上。據《當代中國家庭巨變》一書記述，上世紀八〇年代末、九〇年代初因婚外情所造成的離婚案，約佔離婚案總數的二十五%至三十五%，九〇年代至今，這類離婚案佔離婚總數的四十%至五十%，在經濟發達地區達六十%以上。

近日，《中國新聞週刊》與新浪網聯合舉辦關於婚姻觀的調查，截至二〇〇八年一月十四日，九千零二十一人參加了男人卷調查，五千零二人參加了女人卷調查，參加調查的從三十歲至四十歲，而婚齡七年以上的是最大項。對於「你是否相信存在永恆的愛情」，男女中的大多數都選擇了「否」；回答「你是否能做到忠於愛情」時，男性中的大多數選擇了「否」，女性中的大多數選擇了「是」，她們雖然也不相信有永恆的愛情，卻更願意忠於婚姻。在回答「面對誘惑，你的心理狀態是……」，更多的女性選擇「這有悖社會的道德觀」，而更多男性選擇「有那麼多人都這樣，我也可以」；在回答「如果發生婚外情，你會怎樣選擇」時，更多女性選擇「因早晚會暴露，還是會選擇退出」，而更多男性選擇「我可以在家庭和情人間維持平衡」。這表明，面對婚外戀，男性在道德約束上要弱於女性，而女性選擇退出，主要原因還是怕「遲早會暴露」。有名有份的夫妻，背後有一個無名無份的秘密。

特大雪災中，杜登勇像對待女神那樣寵愛他心中的情人。說起寵愛情人，就想起藝術大家畢卡索。在畢卡索糾葛一生的情愛史中，他有著充沛的愛，前後兩任妻子，五個長期情人，他疼愛情人就像對待女神那般，但當他一旦征服了女人，他就會拋棄她。他的情慾和他的創作慾一樣旺盛，女人滋潤他的藝術之花，但他的愛總是難有持久的熱情，女人難以征服他，最後征服他的是疾病和衰老。畢卡索其中一任情人朵拉曾對他有過如此評價：「作爲藝術家，他可能是卓越的，但從道德上講，他分文不值。」

但願身邊的「畢卡索」少些再少些。

# 夏秋忙「畢婚」

上海交通大學飲水思源BBS上，前不久出現一則大學四年級一寢室四名女生的徵友啓事：「期待在這個容易傷感的大四，能夠找到那個可以溫暖內心的人。」在帖子中，她們四人各自寫了一份自我介紹，包括自己的專業、生日日期等個人資料，以及自己對「另一半」男性的要求，用詞遣句顯得頗有誠意。

「二○○四年考入交大，時間一晃就大四啦，看著身邊朋友一個個結成了對，自己仍然『屁顛屁顛』地和寢室姊妹打成一片，所以覺得不能再這樣『墮落』了，我們也要尋找自己的另一半。」「希望GG（哥哥，網路語言）對未來有清晰的規劃，爲人誠信，有孝心，有事業心，有責任心。戶口不限，但要讓我看到未來。希望我的另一半很自信，因爲我在生活的十字路口常常會搖擺不定。」

夏季一般是結婚的淡季，二○○八年的夏季卻不一樣。不說奧運八月八日開幕當天的婚姻登記，被冠以「奧運婚」的概念，整個八月登記都那麼火。在這股「熱婚」中，出現值得深思的現象，眾多年輕女性剛剛大學畢業，不急著找工作，反而匆匆選擇登記結婚，成爲「畢婚族」。她們前腳剛跨出大學校園，後腳已邁入婚姻「圍城」；昨天剛領了大學畢業證書，明天就去領結婚證書。

二十三歲的小麗，二〇〇八年六月剛從上海戲劇學院畢業，她各方面條件不錯。一年前，面對一個又一個男性向她示好，她說，就像魯迅家的後院，一棵是棗樹，另一棵也是棗樹，究竟選哪一棵呢，她一度沒了主意，在多方權衡下，她作出選擇。一畢業，她便急匆匆與男友去民政局領取結婚證，婚禮定在八月八日。爲什麼急著結婚？小麗回答女友說：「我可不想成爲『剩女』，東挑西揀最終往往一場空。我今天再不珍惜，要等什麼？」

南京大學一名來自貴州的剛升讀四年級的女生曾敏，宿舍裡其他女生已經都有男友了，有的還領了結婚證，只有她還是「孤家寡人」，她心裡總不是滋味，她父母也著急。她說：「女人最大的成功，未必在事業而在選對婚姻搭檔。女人選老公，就像選『投資理財』項目：有的男人像基金，成本不多，利也不多，見好就收，小富即安；有的男人像垃圾股，選錯了就血本無歸，自認倒楣；有的男人像潛力股，當時沒沒無聞，說不準哪一天就紅火了；有的男人像績優股，捂的時間久了，會給你意想不到的驚喜。如果我能在畢業前就找準理想的對象，往後就不用那麼辛苦了。」

三個月前，智聯招聘網一項七千多人的調查結果顯示，八十%的人對「畢婚」持明確支持或無所謂態度。他們普遍認爲，結婚與找工作，誰先誰後不重要，結婚後，人會感到比較踏實。當然結不結婚，還是要看兩人感情發展狀況。超過三分之一的接受調查者認爲，結婚會對自己的工作事業帶來正面而積極的影響。在調查中，網民凌風說：「校園裡建立的感情是最純潔的感情，不摻雜任何雜質，因此應該趁早結婚，以免『夜長夢多』。」網民紫薇說：「要是等到工作幾年後，有了些錢，再考慮結婚，也許一切都變了。這個世界不可知的事太多了。」調查中，反對者只佔二十一．六%，他們的理由主要是：校園生活單純，年輕人相對不夠成熟，難以正確認識到婚姻的責任，校園產生的戀情沒有經歷社會的考驗，也就不容易穩定和持久。

在北京一家公關公司，從事廣告企劃的二十六歲祝怡，三年前大學一畢業就結婚了。如今，她覺得婚姻還不如戀愛浪漫，甚至有時候兩個人一聲不響地吃悶飯時，會突然想，假如當初沒有和他結婚，現在還會在一起嗎？她說，回頭想想，或許是因爲一個人離開家在北京讀大學，之前一直有父母呵護，入學後很快就和他談了戀愛，習慣了被人照顧。鄰近畢業，留在北京，有種需要自己獨當世界的恐慌感，覺得家庭更能讓自己有依賴的安全感。正好兩家父母都滿意，還願意出買房子的錢。對婚姻理解不深，也就不會前怕狼後怕虎，不假思索地就把結婚證領了。現在還眞的好像不如當初那麼純粹地看待愛情了。

華東師範大學社會學研究所所長文軍教授，曾在學生中做了一次調查，發現很多女生畢業前最大壓力不在求職，而在於求偶。他分析說，隨著高校「禁婚令」的解禁，婚戀環境寬鬆多了，這對一些單身學生帶來了群體性壓力，特別是那些心思敏感的女生，看到身邊「成雙成對」，更容易感到失落。文軍說，現在多數人仍然認爲，與男性相比，女性更可以透過婚姻改變社會地位和經濟狀況，而在踏入社會前找到可靠的另一半，也被很多女生視作「可少奮鬥幾年」的資本。「不過，婚姻的事不能強求，更不能看作有時限的任務。畢業前後的大學生，要在社會身分上面臨大轉變，價值觀、婚戀觀也隨之變化，操之過急會加大婚姻不和諧的『風險係數』。」

確實，大多數人婚後還得找工作，要順利轉化爲合格的妻子或丈夫，並非想像中那麼容易。「新婚」加上「職場新人」的雙新角色帶來的挑戰和壓力更大。曾聽過這麼一個段子：五〇年代離婚，多爲包辦婚姻；六〇年代離婚，多爲階級成分；七〇年代離婚，多爲路線鬥爭；現在離婚，是因爲搞不清爲什麼結婚。

「畢婚」族中許多女生把「嫁得好」作爲大學畢業後的主要目標，如果心理上無法完全接受婚姻帶來的角色轉變，則不利於家庭與社會穩定。

當下，離婚風大盛並非出於離婚的草率，而是緣於當初結合的草率。婚姻不過是最小單位的民間團體，也需要管理，也有成本、風險以及收益，有可能關門大吉，股東血本無歸。

# 婚姻「保鮮期」：兩年半

情人節到了。那個「揹妻男」，再度成爲人們的話題。

「揹妻男」是誰？四川大地震中被網民評爲「最有情義的男人」。他是中國四川省綿竹男子吳加芳，在「五．十二」大地震中，他妻子被埋在廢墟中，吳加芳找到妻子後，將她用繩子綁在自己身後，騎著摩托車送往當地的太平間。在路上，妻子的頭歪向一邊，他便停車，扶正妻子。這一瞬間，被一位攝影記者抓拍了，發表後，廣爲傳頌。「嫁人要嫁『揹妻男』」一時成爲話題。一個多月內，來自中國各地有數十個女人，透過各種管道寫信給他求婚。

二〇〇八年八月，在深圳的打工女劉如蓉，在電視節目裡看到了吳加芳的故事。隨後，她輾轉得知了吳加芳的手機號碼。十月十六日，她第一次撥通吳加芳的手機，一個月內他倆幾乎每天通電話，十一月九日，兩人相約見面，九天後，他倆領取了結婚證。這時，吳加芳距離妻子之死，才半年時間。見面九天就結婚，吳加芳成了時尚的「閃婚族」。這一消息披露後，他再度成爲新聞人物。

網路上，對他閃婚式再婚，有人祝福，有人擔憂，有人質疑，有人痛罵他無情無義、虛情假意。

四川大地震後的第一個情人節來臨，在滿街都是美神化身的「愛情之花」玫瑰花之際，吳加芳和劉如蓉的婚戀，重新被提起，又一次成爲話題。媒體和公眾的關注，令「揹妻男」深感壓力。他希望媒體別再糾纏他們。他的壓力，來自他看到訊息裡負面的東西。

要擺脫大地震中親人遇難的緬懷情結，不是一個短時間的過程。「揹妻男」選擇再婚，並不意味著他不再悲傷，而是在努力自我修復。災後的心理重建過程中，大部分人都有自救意識，去癒合傷口。「揹妻男」選擇了一個新的生活。人們應該尊重個體選擇，尊重每一個人不同的災後心理重建。不過，吳加芳和劉如蓉如此「閃婚」，總讓人想起人們常說的「相愛容易相處難」那句話，他倆互相了解了嗎？眞能長長久久嗎？

當下的「閃婚」、「閃離」的短婚風潮，已經是個普遍社會現象。早在二〇〇六年，北京有二萬四千九百五十二對夫妻辦理離婚手續，其中五分之一婚姻關係維持不到三年；三分之一在結婚五年內離婚；結婚不到一年就離婚的有九百七十一對，有五十二對離婚夫妻結婚還不到一個月。閃婚閃離，草結草離，婚姻猝死，當時還算新聞，二三年後的今天，「三分鐘墜入愛河，七小時緣定終身的『婚戀快餐』文化」早已流行，互不相識的兩個人通了一次電話、一次網路視訊、一個短暫的約會，就能登記；而後一場爭吵、一次矛盾、一句玩笑，讓尚未度完蜜月的情侶分手，笑嘻嘻奔赴下一場愛情。

如果說，短時間認識就結婚很可能是衝動的結果，那麼離婚大半是理智的選擇了。「七年之癢」，是人們描述結婚多年後，夫妻間新鮮感逐漸消失，生活日趨平淡，乃至婚姻出現危機。最近，總部設在英國的國際研究機構 onepoll 公布一項調查結果：一對夫妻婚姻的「保鮮期」，僅僅兩年六個月二十五天，這以後，男女浪漫幾乎消失。

這家研究機構對五千對結婚十年以上的夫妻作調查，其中，半數以上認爲自己受重視的程度降低；八十三%的夫妻稱，結婚三年後他們便不再慶祝週年紀念日；六十%的夫妻承認，結婚之後，再也沒有享受過燭光晚餐帶來的驚喜；八十三%的新婚夫妻外出時會牽手，結婚十年後僅有三十八%的夫妻會這樣做；結婚不到一年的夫妻每天擁抱八次以上，結婚十年的夫妻只不到三次（調查對象是西方人）。

花樣百出的家庭摩擦中，佔比率較大的是夫妻倆爭看不同的電視節目，結婚兩年後，夫妻就很難共同欣賞同一個電視節目了，七十五%的夫妻表示，不管對方如何好言相求，自己絕對不會讓出手中的遙控器。曾經的痴男怨女，就這般開始「婚姻大逃亡」。

收到過一個手機簡訊：「當今知道愛情的愈來愈多，知道艾青（中國現代詩人）的愈來愈少；知道比爾的愈來愈多，知道保爾（前蘇聯英雄人物保爾·柯察金）的愈來愈少；知道關之琳的愈來愈多，知道卞之琳（北京莎士比亞研究專家）的愈來愈少；知道周迅的愈來愈多，知道魯迅的愈來愈少。」其實，眞正知道愛情的也是愈來愈少了。

愛，是一個動詞。談戀愛時都會把「愛」放在口中，但，在共同生活的五年、十年裡，「愛」更多體現在行動中。愛情無小事，每個舉動都代表著對對方、對家庭的關愛。

愛情，是一張信用卡。別以爲愛就是理所當然的給予，濃情蜜意的熱戀期，人人手裡都握有對方給予的無限透支的愛情信用卡。既然是信用卡，一旦有了消費紀錄，在還款期內總是需要還的。戀愛中的男男女女，在使用對方給自己的那張愛情信用卡時，要謹記理性消費的原則，更別忘了還款。婚姻需要經營，需要儲存，婚姻原本就是一座花園，怎能不經營呢？

# 時尚拼婚正流行

地震後的重災區，令人意外地出現結婚潮，四川五個婚姻登記處的數據顯示，地震並未造成婚姻登記處人影寥落，反而出現人頭湧動的現象。有報導說，在重慶的一個區，辦理結婚手續的新人比平日增加三十多對，這反映出災難對人們心理的衝擊，改變了生活態度，地震曾經讓他和她一度生死隔開，震前對他／她還有這樣那樣的不滿，災難卻讓人學會珍惜自己身邊的每一個人、每一份感情。於是，男女婚潮滾滾。

二〇〇八是奧運年，早兩年，中國準新人選擇在奧運年喜結連理，成了一種時尚，儘管這一年災難重重，婚還是要結的。計劃在奧運年籌備婚禮，卻遇到不少麻煩，婚禮攝影棚、酒樓婚宴訂餐、禮車租用服務，竟然天天爆滿，要選擇佳日，不那麼容易。於是，拼婚成了無奈中的選擇。

這些年，從兩家人拼著接送孩子上學回家，兩個人拼著合租一套房解決住宿，到拼餐、拼車、拼遊、拼購、拼卡、拼寵物、拼學、拼友、拼職……於是在年輕人的辭典裡出現了「拼客」。這新名字與播客、曬客、極客、智客等，成了一種時尚。二〇〇八奧運年，婚慶市場費用水漲船高。「拼客」們將求實惠、求方便、求節儉的精神發揮得淋漓盡致，「拼婚」風潮被推向高潮。

當幾對新人恰好婚期相近，個性和品味相似，一種類似於團體購買方式的「拼婚」，迎合了時下年輕人籌措婚禮時既省心又節約的現實需求。拼婚不能理解爲「拼」在一起結婚，類似辦集體婚禮那樣，而主要是拼在一起置辦結婚，即婚前準備，有的婚宴雖同時同地卻分開舉辦，婚後蜜月同團旅遊，從婚慶宴席的預訂、喜糖菸酒的採購，到婚紗攝影、新娘彩妝、婚慶主持等「資源共享」。

「拼婚啦，有沒有難兄難妹要拼在一起辦婚禮的？」「我們要結婚了，不過結婚開銷之大，實在無法承受，有誰有意和我們拼婚，以便節約開支。」這是網上帖子，略顯苦澀而無奈，網路成了拼婚媒介。時下，網上這些拼客帖子，往往會引來諸多跟帖。有網民說：「拼一個婚禮，既能解決訂奧運酒席的難題，又能淘到便宜貨，還能讓婚禮場面更熱鬧。」如今在上海一對新人，從裝修新居開始，到購買家具、家電，拍婚紗照、擺宴席，直至最後的蜜月旅行，僅娶得「美人歸」的男方，平均花費需十八萬元人民幣。於是，經濟壓力不小的準新郎新娘樂得一「拼」，「拼婚」、「拼蜜月」，是不錯的選擇。希望花最少的錢，辦一場溫馨得體的婚禮。在婚慶場合，幾位新娘「共享」幾套禮服和婚禮用品。這樣可節約婚禮花銷，是婚禮資源的再利用，「拼婚」一般能省下二萬元人民幣。

新南京人沈昊的老家在江西省，在南京的親友湊在一起不過二十多人。他未婚妻說：「人少了點，不容易預訂到酒席，因此我們就在江西婚慶網上尋找差不多時候結婚的新人，湊在一起。租婚紗，訂酒席，團購菸酒喜糖，這樣能享有很多實惠。購物量大，商家會給予優惠。在網上招募同期結婚的網友，現在已經有兩對回應，希望能找到三、四對，這樣在與婚慶公司、酒店、旅行社商討價格時更有空間。四對同行就能拿到酒店八折的優惠。」

當下，一些婚慶網論壇，準新娘的ＱＱ群，成了「拼婚」族資源共享的平台。在客齊集網、長春拼客網、籬笆網、黑龍江婚慶禮儀網、久久結婚網等都可看到拼婚的帖子。在籬笆網結婚網站，團購的帖子竟佔了三成半，可見，網路已成了「拼婚」的重要中介場所。一些婚慶公司不失時機推出「拼婚」服務，上海也出現「拼婚工作室」，它收取的手續費約在十五％。

「拼婚」絕非人人適用，那些要求較高、希望婚禮與眾不同的新人，「拼婚」的可能性就不大。結婚的各個環節也並非都可以一「拼」了之，幾位新人拼禮服，一套服裝共用，假如消毒、清潔等環節不到位，就有衛生問題。攝影師、化妝師一般每天只能爲一對新人服務，一旦在幾對新人間串場，服務質量難免有損。拼婚由同事和朋友間同拼爲妥，拼婚的風險在於，透過網路認識的拼婚對象，身分的眞實性不易考證，不能不有防範之心。如果共同購買物品，要警惕是否有「托兒」（指從旁誘人受騙上當的人）打著「共同購買」的旗號，哄抬物價。對於一些價值較大或容易引起糾紛的共「拼」行爲，就需要把具體條文落實到紙上，形成有效協議。

「拼婚」有酸甜有苦辣，但拼婚族規模愈來愈大，卻是一種新潮流。徐州拼拼網的口號是：團結就是力量，拼拼彰顯時尚。太原拼拼網的口號是：合作雙贏，今天你拼拼了嗎？忽然想起草蜢的歌：〈愛拼才會贏〉。

# 鋼管舞潮湧新時尚

在北京、上海、南京、杭州，許多朋友都在練鋼管舞。跳舞健身，是一種時尚風潮，二〇〇六年還很熱的拉丁舞、肚皮舞，如今已漸漸退潮。這一、兩年以來，鋼管舞成了都市白領新時尚。鋼管舞健身訓練班最初出現在北京，年初形成一股風潮蔓延各地，無數的鋼管舞大賽成爲社會話題。在中國大陸，素來引領時尚風氣的上海，今次卻落後了，不過，上海開設鋼管舞健身課程的機構已有十多家，主要學員是三四十歲的女白領。

浙江杭州一家出版社的編輯羅倩除了練瑜伽，最近還熱衷鋼管舞。那天在西湖南岸湧金池畔的西湖天地見她，她剛練完鋼管舞赴約。她說，鋼管舞是一種瘦身方法，同時解壓釋懷，是時尚的健身減肥運動，是一種有氧呼吸、促使全身血液循環的運動。鋼管舞絕不等同於以誘惑逢迎男人喜好。

在男人眼中，鋼管舞不是好女人可以碰的。中國人對鋼管舞印象最深的，大多是幾年前那部美國電影《脫衣舞孃》。彩燈閃爍的小舞台上，穿著暴露的年輕女郎，憑著柔韌的身體，纏著舞台上的鋼管，以性感、妖冶、熱辣、挑逗的動作，放肆地扭動軀體，舞姿妖豔，不無色情傳遞的意味。《第六感生死戀》女主角黛咪摩兒在《脫》片中扮演的角色，就是跳鋼管舞的舞女。在人們的習慣思維中，鋼管舞是歐美夜總會和成人俱樂部的豔舞，僅供成人欣賞的一種娛樂活動。

難怪上海人民廣播電台的「晚報大家聽」節目、《新民晚報》的「新民隨筆」專欄，前不久紛紛對鋼管舞流行作出抨擊：「一位六旬老嫗喜歡上了鋼管舞，不但愛看別人表演，還想身體力行。老太說，跳鋼管舞的姑娘『清澈的眼神』深深吸引了她，聽了這話讓人起雞皮疙瘩。」「如果你去問美國人，鋼管舞是什麼？也許大多數人會曖昧地朝你笑笑，鋼管舞，圍著那根鋼管跳舞，不但脫上面的，還要脫下面的，還需要問嗎？」在中國那些練鋼管舞的女子「有穿得多的，有穿得少的，但都確實擺出教人神魂顛倒、春心蕩漾的性感姿勢，因此，不管怎樣，鋼管舞與清澈的眼神是搭不上界的，其噁心大眾的色情成分，並沒有因爲成爲時尚而減少」。

其實，鋼管舞起源於美國，是一群體力勞動者自編自演的舞蹈，最初在一些建築工人中流傳。他們拿著建築鋼管，邊舞邊唱，樂觀開朗。據說，鋼管舞是世界十大民間舞蹈之一。如今，經過改良的鋼管舞，在中國已演變成一種時尚的健身運動。鋼管舞沒有觸犯法律，就應該讓健身舞者有選擇的自由。

健身鋼管舞分杆上技巧、杆下舞蹈兩部分。鋼管舞的主體動作有杆下劈腿，下胯，杆上攀登，旋轉。在杆上可以鍛鍊腰力、腿力、腹肌和頸部的力量，杆上技巧能令身體每一塊肌肉得到有效鍛鍊，特別是手臂、大腿、腰部，全身血液循環，如此有氧呼吸能讓脂肪快速燃燒，起到減肥、瘦身、塑形效果。杆下舞蹈動作融合了性感爵士、肚皮舞、芭蕾等多種舞蹈元素，既要體現舞者的柔韌性又要有熱情奔放的剛強之感，從而鍛鍊胸、臂、臀部等肌肉的協調，增加性感與自信。這種舞不能太過柔軟和抒放，否則有夜總會熱舞之嫌，又不能跳得太剛硬而失去舞蹈美感。扶鋼管、撫鋼管，萬萬不能像無尾熊般抱著鋼管不放，那就失去舞蹈的美感。鋼管舞是男女咸宜的體操式健身舞蹈，女子跳似乎更嫵媚好看。當然，年老和高血壓等病患者謹慎上杆，頭向下倒立的舞姿，對身體素質要求頗高。

在北京隨女友去一家鋼管舞俱樂部觀賞，舞室四周是鏡子，舞池中央林立著數十根粗細不一的幾米高的銀色鋼管。在爵士樂聲中，女友穿著黑色的軟革靴，上身是黃色緊身有彈性的小背心，平腿短褲。她隨意地扶著鋼管，輕盈地跳上去，隨著音樂一個急轉一隻腳勾住鋼管下部，手臂緊緊抓住上端用力一拉，整個人盤在鋼管上，上杆劈叉，雙手伸展，圍杆旋轉，在離地約一米高的空中伸展與攀援。她下杆後氣喘吁吁說，鋼管舞是將傳統的器械運動和有氧健身操結合的健康體操舞蹈。當然，新風潮也帶來新問題，鋼管舞培訓的系統性、規範性，動作的科學性，都需認證和制定標準。

女友腿部漂亮的肌肉線條，有力而細長。女友說，跳鋼管舞，如果動作力度都到位的舞者每小時燃燒卡路里二百五十卡。女人都希望回到從前，青春的活潑的苗條少女。鋼管舞是女人味十足的運動，完全可以展現在陽光下的舞台上，跳得美，宛若一條美人魚。據說英國有一家健康指導組織倡議「英格蘭運動」，推廣新興舞蹈熱潮，以鋼管舞取代皮拉提斯和瑜伽。仲林舞劇團演員張明開辦舞蹈會所，他說：「鋼管舞健身的效果相當好。它的許多基本動作，能起到活頸、提臀、縮腹，以及鍛鍊手臂和腿部力量的作用，與色情低俗絕對無關。」

瑪丹娜十多年前在舉辦演唱會時跳鋼管舞，被輿論抨擊、臭罵，二〇〇六年又在舞台上跳鋼管舞，卻引來滿場喝采。上海許多酒吧等場所都禁跳鋼管舞，舞台上不允許安置鋼管，但沒想到如今有那麼多人熱衷鋼管舞。上海明翼舞蹈會所教練伊萊文是上海人，這位舞蹈演員兩年前就研究鋼管舞，他說：「探戈誕生在布宜諾斯艾利斯的紅燈區，最初就有男女相互挑逗的意味。但如今探戈卻成爲阿根廷的重要文化產業，還登上世界各地的大雅之堂。」

跳鋼管舞和練瑜伽一樣，是一種生活態度。有衛道士說，鋼管舞往往是一種挑逗。其實，冰清玉潔而又富於挑逗的女子無疑最具魅力。即使算不上天生麗質的女子，如果善於使用一些「伎倆」，生活交際中也可以「電力十足」。鋼管舞是美的世界，如此耀眼，如此誘人，這是美的集合地，像一塊磁鐵，吸引著美女和追求美的亞美女次美女僞美女們。求美不是一種病。

# 婚戀劇遠離婚外戀成了一種現象

近來看了幾部中國大陸的婚戀電視劇，寫下幾段心得語絲：

——情如魚水是夫妻雙方最高的追求，但人們都容易犯一個錯誤，即總認爲自己是水，而對方是魚。

——男人從不擔心他的未來，直到他找到一個妻子；女人常常擔心她的未來，直到她找到一個丈夫。

——男人長壽的秘訣：吃胃能消化的食物，娶自己能養活的女人。

——夫妻倆過日子要像一雙筷子：一是誰也離不開誰；二是什麼酸甜苦辣都能在一起嚐。

——最完美的產品在廣告裡，最完美的人在悼詞裡，最完美的愛情在小說裡，最完美的婚姻在夢境裡。

不久前欣賞了五十集連續劇《金婚》，它沒有跌宕起伏的劇情，沒有眼花撩亂的視覺，看似平平淡淡的，卻以一張懷舊的感情牌，在中國大陸掀起一股收視熱潮，平均收視率達十三％，單集收視率突破二十％，成爲螢幕熱點。北京電視台播出《金婚》時，僅特徵廣告收入就高達三千萬元人民幣，還不算已有的正常廣告。在大江南北都播得十分紅火的《金婚》定位編年體，一集一年，最初剪輯是六十八集，最後剪成五十年五十集，剪掉了十八集戲。文麗與佟志是一對平凡夫妻，他倆的婚姻始於一九五六年，全劇一年又一年地講述了這對夫妻從年輕到年老，從相知到相愛，從熱戀到婚姻中的柴米油鹽鍋碗瓢盆，以及爲人父母直至祖父母的五十年坎坷婚姻路。

年輕時，他倆是一對歡喜冤家，從衣食住行到子女教育到婆媳關係到性關係，處處矛盾，常爲小事鬧得天翻地覆，爭吵過後又總是和好如初。中年時，他倆的婚姻步入疲憊期，夫妻溝通愈來愈少，陷入更危險的冷戰之中。佟志在事業與情感雙重失落下精神出軌，對年輕女同事動了眞情。文麗得知後在悲痛震怒之後變得成熟，忍辱負重，照顧重病的婆婆，教育四個兒女。佟志徘徊在情感與責任之間，面對激情誘惑，最終還是選擇了家庭，選擇了親情。老年時，他倆步入婚姻鞏固期，文麗身患重症在生死線上徘徊，三個女兒感情婚姻都不順利，最愛的獨子竟英年早逝，是彼此關愛而相濡以沫，才度過人生最黑暗歲月，最終牽手走進金婚。

全劇在磕磕碰碰的爭吵聲中發展，看到最後，觀眾才舒了一口氣：這對冤家，吵了一輩子，愈老愈恩愛。五十集絮絮叨叨說的是這對夫妻之間的小事，而觀眾就在這絮絮叨叨中，領略到婚姻中的眞實情感和生活。在螢幕四處充斥婚外情、第三者題材的今天，《金婚》卻選擇了這樣一個共同生活了五十年的夫妻爲題材。試片時，有人說，誰還會看這樣落伍的電視劇？執導過轟動一時的《渴望》、《北京人在紐約》的導演鄭曉龍說：「其實婚外情、第三者畢竟還是少數現象，中國百姓多數喜歡夫妻白頭到老，只是當下一些影視劇表現得比較少罷了。《金婚》之所以能火，正是因爲表達了大多數人內心深處最質樸的渴望而已。」一對平凡的男女主人公，五十年的情感糾葛中，讓人看到對一種情感價值觀的堅守。正是主創人員這份對生活的感悟和熱情，才感動了他們自己，也感動了螢幕前的萬千觀眾。

《金婚》之後，熱播的是以復婚爲題材的《一生有你》，此劇意在透過幾代人的情感糾葛和人間大愛盡情地描寫人性之美。《一生有你》之後，上海電視劇頻道當下正在全國首播另一部婚戀劇，即二十二集連續劇《婚後五年》。此劇講述的是一個關於挽救婚姻危機的故事，婚姻生活雖有許多羈絆，但愛的行爲方式卻萬萬不能走極端。據悉，《婚後五年》播出之後，緊接著將會是以閃婚爲題材的連續劇《無法抗拒》。

這一年螢幕上組成了叫好又叫座的婚戀題材系列，最初有《新結婚時代》，接著有《雙面膠》、《爲愛結婚》、《幸福在哪裡》、《女人心事》等，都表現了夫妻婚後的種種矛盾，讓觀眾心中一痛之後有所思考，最終喚起對美好生活的嚮往，與眞愛的人長相廝守。正如因主演眾多婚戀劇而被人們譽爲螢幕「婚戀專家」的影視明星蔣雯麗所言：「現代人還是選擇回歸家庭，從《新結婚時代》到《金婚》都頗受觀眾喜愛，這反映的是中國人對親情的回歸。」

鳳凰于飛，和鳴鏘鏘。不過，之前的《牽手》、《讓愛作主》、《來來往往》等電視劇相繼出籠，一再引發是否美化「第三者」的爭議。接著，《中國式離婚》描述了夫妻間的三種背叛，心的背叛、身的背叛、身心的背叛，從而引發更大爭議。可以看到，一個時期來，婚戀劇正不斷撞擊人們的道德底線，搞亂了價值觀念，對百姓賴以生存的婚姻穩定構成威脅。難怪中國觀眾會那麼喜愛韓劇，觀眾畢竟還是嚮往美好情感，於是從韓劇中尋覓滿足。

結婚是人生大事，每個從婚姻中走過來的人都知道，會遇到很多問題。金婚五十年，是一種理想，所有的人都希望，卻很不容易。跨越兩性之間的「性溝」，兩個人要一起走過一個又一個坎。要婚姻保鮮，就需要兩性之間互相理解，互相寬容，相親相愛，天地皆春是一種美妙的境界。《金婚》結尾時有一個鏡頭，皚皚一片白雪，走到樹林裡，沒有一個腳印，佟志和文麗互相攙扶著走來，回頭一看，兩串腳印，兩個人扶著走才穩當，有時路滑，突然出現一種狀態。這也挺有意思，讓人覺得，夫妻能走到這一步的時候，也就什麼都不用說了。

# 二、集體有怪異

## 「情緒感冒」成了流行病

國慶黃金週長假結束了。與中國內地的多位年輕朋友通電話，聽到的竟然是「這節日過得太鬱悶」、「愈休息心情愈不好」、「該死的七天長假終於過去了」、「在家閒了幾天，竟然讓我不知所措」、「旅遊？哈，哪個景點不是人擠人，中產、小資誰會挑選這樣的日子外遊？」過節，這本該是一件美孜孜的事，如今倒生出一個「長假讓心情糟透了」的艱難話題，好不讓人鬱悶。

說起長假外出旅遊，沒有私家車的會抱怨：人那麼多，公車裡那麼擠，有自己的車就爽了；有車一族也會抱怨：公路上車輛太多，沒有了速度，再說停車又找不到車位，把新車擦花了眞不划算。長假臨近結束，外出旅遊回到家，抱怨說：好累啊，唉，明天又要上班了，早知道還是待在家裡度假最輕鬆；長假在家而沒有選擇外出旅遊的也抱怨：一大堆家務沒忙完，假期就結束了，天天親朋好友往往來來，特累。誰都在抱怨，誰都心情不好。其實無論在家還是外出，放假是讓心靈放假，這才能眞正體會假期帶來的休閒與放鬆。七天長假，理應讓平日緊張工作的人們放鬆自己，如果心靈得不到假期，長假也不能讓人輕鬆。

氣候環境會讓人心情不好。南京有一段日子陰雨綿綿，來自市心理諮詢熱線和醫院心理科的數字表明，這些日子裡諮詢就診的人明顯增多。連日陰雨，引起鬱悶、低落而情緒不佳。從網上一個關於情緒的論壇上看到——「不喝咖啡」說：這鬼天氣，雨下了好幾天。「蓮花」跟貼說：唉，陰沉得叫人打不起精神。「大元帥」跟貼說：天空是灰灰的，心情是暗暗的。「小豬」回應說：心情被這沒完沒了的雨水害得壞起來，六神無主，暴躁易怒，沒精神做事。「純子」則說：整個南京充盈著窒息的霉味。這是一種「情緒感冒」。據專家分析，在人的大腦底部有一個叫松果體的腺體，能分泌一種「褪黑激素」，這種激素能誘人入睡，使人意志消沉，抑鬱不樂。尤其在陰雨連綿的日子裡更是變本加厲，而充足的陽光能抑制褪黑激素的分泌。天氣會引發情緒病，頻繁加班也會讓人情緒煩躁，行爲怪異。

壓力更會令人心情不佳。上海市心理諮詢行業協會會長王裕如說了一個故事。在外資企業供職的某君說：「想到辦公室的環境就煩躁不安，恨不能把座椅砸了，把發明滑鼠鍵盤的人揪出來痛毆一頓，甚至想到牀，我都會心生恐懼。」此君所在的公司爲讓加班的員工稍事休息，特地置備了一張牀放在會議室。此君常常加班，因此是這張牀的常客，久而久之竟出現「恐牀症」，如今連看到家裡的牀，都有點不適應，看到與會議室那張牀的牀單差不多顏色的布料，就會產生視覺反感。此君是不折不扣的「加班族」，幾乎沒有過天黑之前下班回家的日子。一天，公司的活不多，他破天荒在正常時間下班，出乎意料的是，好情緒並未如期而至，許多陌生感竟一路相隨。擠地鐵帶給他久違的感受，回到家天還亮著，是該先吃飯呢，還是先幹點什麼，他始終茫然，不知所措，後來他把家裡的燈全部打開，把電腦也打開，這才找回熟悉的感覺，心裡踏實了。

用專家的話說，此君是典型的「過勞模」白領。「過勞模」作爲一個全新的詞語開始進入人們視野。勞動模範總是每天工作十小時以上，基本上沒有休假日，睡眠不足，三餐不定，這是一個隱含辛酸的冷幽默之詞。前不久北京師範大學對北京、上海等四座城市的調查顯示，七成白領已經成爲「過勞模」一族。一旦做了白領，「心情甜蜜期」是相當短暫的，很快會步入「能量消耗期」，而後會面臨危險的「身體受創期」，再而後「過勞死」就不遠了。其實，「過勞模」早不只是白領的專利。全國總工會月前曾聲稱：「過勞死」有向白領蔓延的趨勢，言下之意，「過勞」現象在藍領工人或農民工中早已存在了，只是如今正向白領擴散。

勞動模範？雖是戲稱，卻也不失準確。這些過勞者大都承認是自願加班的，可以幹的活沒有幹完，或者沒有幹得最好，於是加班接著幹。其實，這種「自願」是出於一種無形的巨大的競爭壓力。有學者分析說，儘管有各種原因，但最根本的在於：迄今爲止中國的經濟發展幾乎完全依賴「廉價勞動力」，整個經濟結構有意無意地在維持這一「競爭優勢」，「廉價勞動力」本身要提高甚或維持自己的生活質量，當然就只剩下「過勞」了。勞動力是人，對「勞動力資源」的掠奪性開發，必定意味著對勞動者基本權利的侵犯。

這是事物的一面，事物的另一面是因爲忙、因爲累而心情煩躁。每天爲工作、爲加薪、爲升職而拚命，爲家人、爲朋友而奔波，即使休閒也成了一種應酬。常常感嘆時間太少，社會的「時間成本」愈來愈昂貴，不善於支配時間的人，就是「時間的窮人」。時間是需要經營的。效率往往會讓時間增值。平時緊張的工作狀態下感覺到的累或者不累，並不是一種生理感覺，而是一種心理感覺。愈來愈多的人在工作中感覺疲勞，其實並非工作帶給他們疲勞，而是心理壓力帶來的疲勞感。

美國社會學家雷保羅采研究價值觀與文化的關係，花了十五年意外發現一群新的「文化創造族」。長期來，人們習慣於關注世界上發生的大事，以爲唯有反戰、反種族歧視這類活動，才能影響社會，與這些激進分子和無政府主義者不同，這群新生活「文化創造族」透過關注自己和周圍的人，改變身處的這個社會或環境。保羅爲這群人起名：LOHAS（Lifestyles Of Health And Sustainability），即健康和可持續性的生活方式，在中國被巧妙地音譯爲「樂活」。保羅與心理學家雪莉・安德森合著過一本書《文化創意人：五千萬人如何改變世界》，這CC族（Cultural Creative）也就是新生活「文化創造者」。

這「樂活一族」也好，CC族也好，這一族群的生活理念是：重視環境保護，關愛地球，對社會懷有悲天憫人之情，追崇全球主義和社會整體性和諧，注重在精神和心靈層次積極達到自我實現，關愛自己，具有社會良心，做好事，有活力，愛並快樂著。他們追求心靈健康，打造優質生活，是新新文化生活方式的引導者。記得曾聽南京中醫藥大學教授黃煌在一次專題學術研討會上談養生保健，黃教授說，心情不好已成爲當今的流行病，一個人的養生保健，要特別注重「培養好心情」。開心是養生保健的「良藥」，開心需要主動尋找，不積極投入生活，享受人生，是很難開心的。

# 「排隊日」、「讓座日」、「禁痰日」、「某某日」

每月十一日，是北京「排隊日」。由於「11」這獨特的數字造型，使這一天有了特殊的意義。還記得二〇〇七年二月十一日，這是第一個排隊日，在街上常能看到，一個卡通標識上，一男一女兩個兒童活潑可愛，他們的形象組合成數字「11」，提示人們在公共場所，兩人以上就應該像「11」一樣按順序自覺排隊。

北京三里河東口西行車站，有個年過半百的文明乘車監督員周繼龍，他當了三年監督員。二〇〇七年四月的一天，眾人都好好排著隊候車，來了一位中年男人，偏偏不願排隊，周繼龍一再勸說他，他就是不理睬。周也沒辦法了，情急中，恭恭敬敬向他一鞠躬，說：「我謝你了，跟大家一樣排隊上車吧。」那中年男人見周繼龍那麼誠懇，也不好意思不排隊了。那以後，周繼龍還見過他幾次，每次都自覺排隊了。連續兩年，周被評爲「北京優秀文明乘車監督員」，奧運期間，荷蘭等國家記者還採訪過他。他說：「現在乘車人幾乎都能有秩序排隊上車，不用像過去那樣扯著嗓子喊叫了。」

言行文明是禮儀之邦的魅力，是社會不斷進步的標誌。排隊還只是人們公共生活中的一件小事。一國之都，還要設個「排隊日」倡導排隊，在外國人眼裡很難理解。令中國人難堪的是，北京二〇〇七年年初的一份有關精神文明的報告稱，在公共場合排隊禮讓，還遠沒有成爲人們的共識和行爲習慣，擁擠爭搶現象嚴重損害北京形象。

繼每月十一日「排隊日」後，二〇〇八年二月北京又推出每月二十二日爲「讓座日」。選擇二十二日這一天，既是取「讓讓」的拼音字母諧音「RR」，同時「22」的形體與座位形似。當局旨在提高市民主動爲老、弱、病、殘、孕乘客讓座的意識。

除了「排隊日」、「讓座日」外，北京還有「無菸日」、「無車日」，據說還有「禁痰日」……設立「某某日」正悄悄向北京人走來。誰都不會否認，設立這些「日子」的本意是積極的，總體上要倡導一種社會文明的價值追求。設立「無車日」，是要改善空氣品質，改善交通堵塞，增強市民的環保意識。設立「禁痰日」，是要根除市民隨地吐痰的陋習，提倡講衛生的生活方式。設立「某某日」，實際上是公權力的一種介入，介入公德，引導公德，遺憾的是，北京有關部門只是設置了「某某日」，很少看到有「某某」方面的措施跟上去。要提升整個社會的公德意識，培養積極健康的生活觀念，是一個系統工程。加強平日的衛生宣傳教育，加強公共場所的衛生監督，才顯得更重要。社會公德的建設，文明公民的培養，絕不是設立一個「某某日」就能達到的，何況，凡事就怕過猶不及，這樣的「日子」多了，就會產生「日子」疲勞症，有「日子」成爲無「日子」。對於公權力而言，設立「某某日」過多過濫，體現出的是一種浮躁，是一種急功近利。

北京奧運期間採訪，在西城區串胡同，走街巷，稱奇的是，只看到兩個「膀爺」。以往一到盛夏，北京的「膀爺」可算一景，居住在胡同的老北京們，一溜光著膀子扎堆乘涼，他們以中老年人爲主。曾有西方媒體以〈夏日北京，肉光一片〉的標題描述這道「風景」。要讓那些「膀爺」主動穿衣服並不容易，「膀爺」在北京歷史悠久，過去拉車的、幹苦力的爺兒們，一到夏天都光膀子，沒有什麼不文明一說，後來生活條件好了，上點年紀的大老爺們還保留著老習慣。對「膀爺」們「袒肉相見」的行爲，不少北京市民的態度似乎也比較寬容，特別是在那些老的小區或胡同裡，許多人還覺得這與上車不排隊、隨地吐痰之類的陋習不一樣，既不妨礙別人，又不會傳播疾病。

不過，從北京申奧到成功舉辦奧運的七年裡，北京人對「膀爺」的態度悄然改變了，北京人將之評爲十二種陋習之一，影響國人和國家形象，當然光膀子不犯法，只能靠說服教育，採取切實措施。舉行「糾正光膀子行爲座談會」，社區設立「糾正赤膀行爲流動哨」，組織志願者給「膀爺」送T恤，眾多企業給赤膀者送廣告衫。北京奧運期間，京城的「膀爺」們開始改陋習。對於「膀爺」，當局也沒設「什麼日」，由於措施跟上，「膀爺現象」消失了，文明素質有了飛躍。但願奧運後，長效依然，明年入夏也見不到「膀爺」。

北京奧運結束，上海世博會走近。浦江兩岸近期掀起「學習北京經驗，再創世博精彩」的活動。有上海人提出，上海要消除「穿睡衣上街」的陋習，可向北京取經，北京是如何讓「膀爺」穿上衣服的。夏日中的上海，穿睡衣睡褲上街而招搖過市，是上海人的一種習慣，常常令人詬病。上海婦聯和上海大學婦女研究中心，前不久作了一次關於上海女性文明素養的聯合調查，「穿睡衣上街」被認爲滬上女性最不文明的行爲。

在街上穿不穿衣服，穿什麼衣服，竟然還成爲都市人熱議的一件事。由此可見，中國的進步有多艱難。習慣的養成，並非一朝一夕，需要都市每個有生命的個體努力。文明離人們的生活並不遙遠，她時時刻刻都會停留在每個人身邊。

# 史上最牛月餅

被譽爲「史上最牛釘子戶」的吳蘋和楊武，半年前與開發商苦苦對峙，轟動了境內外，在重慶九龍坡區楊家坪，一個被挖成十米大坑的樓盤地基中央，孤零零地立著一棟二層小樓，猶如大海中的一葉孤舟，給人留下深刻印象。如今孤舟般的小樓早已灰飛煙滅，不過「史上最牛」一詞卻成了二〇〇七年最流行詞之一。

雲南省巧家縣鉛廠鄉有個賭徒賀天貴，負債累累，競爭上崗，被任命爲鄉財政所長，上任後繼續身陷賭博深淵，他挪用八萬多元人民幣公款再賭，最終輸得精光。無奈之下，他竟然給省長寫信，希望省長能借錢給他還賭債。他被稱爲「史上最牛公務員」。杭州湖濱區域的西子公寓，一套頂樓的全湖景公寓，以四百四十八平方米的建築面積叫價五千萬元人民幣，單價爲每平方米十一萬一千六百元，被稱爲杭州「史上最牛二手房」……

中秋來臨，八月十五的圓月豔麗登場，月餅成了新聞。「史上最牛月餅」出現了。九月九日，瀋陽舉行「天下第一月——中華圓月分切儀式」，現場邀請兩位瀋陽市民在「史上最牛月餅」上切開第一刀。動用了一百多人製成的這一月餅，被中國工業食品協會授為「特級國餅」，重二十二點五噸，如果以一公斤月餅供五人食用計算，「中華圓月」可供十一萬人食用。據悉，這特大月餅分切後，一部分在瀋陽現場銷售，一部分送往中國各地。在現場品嚐了這一月餅的遼寧電視台曉蕙在電話裡對筆者說，月餅的味道太一般了。誰都不會否認，炒菜做飯，小灶總比大鍋要精緻味美。這巨無霸月餅同樣如此，要求色香味俱佳，未免太為難。

一個月前曾聽說也是在瀋陽舉辦的首屆中國烘焙食品節上，就出現過十二點九八噸「天下第一月——中華圓月」月餅，創下中國月餅之最，地點一樣，月餅名稱一樣，重量卻不一樣。不知這兩個「天下第一月——中華圓月」是否同一月餅。如果不是同一月餅，那前面那個十二點九八噸的月餅尚未吃完，怎麼又出現一個更大的二十二點五噸巨無霸。

這樣巨大月餅，製作難度大，尤其是月餅塗皮難度更大，旁邊皮要堅固，底層皮要熟，上面表層要軟，月餅被密封在一個由玻璃牆組成百平方米無菌房間內。無論從哪個角度看，製作這個「中國最大月餅」有何意義，如此勞民傷財，昂貴的烘焙月餅的專門設備，也只是偶爾用用，月餅的保鮮、分切、儲藏、運送都不容易解決。

詩人蘇東坡有詩云：小餅如嚼月，中有酥與飴。中秋節吃月餅賞月是中華民族的傳統習俗。滿月形的月餅與十五的圓月一樣，象徵著大團圓，反映了對家人團聚的美好願望。人們在節日裡，以它祭月，用它贈送親友，是一種民族心理反映。目前能看到的記載是唐僖宗中秋吃月餅，味道極佳，他聽說新科進士在曲江設開喜宴，便命御廚房用紅綾包裹月餅賞賜給新科進士們。到了宋代，月餅有「荷葉」、「金花」、「芙蓉」等雅稱，其製作方法也更爲精緻。

不過，當下的中國經濟發展，社會轉型而人心浮躁，什麼東西都容易變味。在鬧騰的月餅市場，紅酒提子（葡萄）餡月餅、海鮮餡月餅、鮮花餡月餅、螺旋藻蓉月餅、芝士月餅、養顏月餅、薰衣草月餅等餡料新奇的月餅，你爭我奪而湧向市場，還有商家推出易開罐裝的月餅，徹底顚覆了以往月餅的傳統。如果對這些月餅的上市尚能理解，那五千八百八十元人民幣的「極品魚翅鮑魚月餅」、一萬二千八百八十八元人民幣的「天下第一福」禮盒月餅、九萬九千九百九十九元人民幣的「純金至尊中華圓月」極品月餅，八千元人民幣的由純天然巴林玉石璧和純銀組成的天然寶石月餅……聲稱奧運與中秋文化結合的「奧運花形金玉、金銀紀念章」，採用金鑲玉、銀鑲金工藝，玉石和貴金屬多重組合，全球限量發行三千四百套，含九九九純金、純銀的奧運月餅同步上市，正如發行方所言，眞是「一改千百年來中國人中秋禮儀的常規」了。

埋金藏銀的天價月餅愈演愈烈，打開月餅禮盒，月餅旁置有高爾夫球桿、泰國燕窩、數位照相機、攝影機、五糧液酒、派克金筆、名牌打火機、高級保健品、瓷瓶花茶……有的月餅不用麵粉和餡料，乾脆就用黃金打造，有的月餅附贈金卡、金刀叉。更離奇而令人驚歎的是，與一盒月餅「配套」的一百平方米的住房樓契。一塊月餅，選料再考究，製作再精細，成本也就幾元人民幣，市場上普通月餅的銷售毛利僅二十%上下，豪華月餅的毛利卻達百分之幾百。該讓民俗節慶重新回復清淨本色。

資料顯示，中國目前包裝開銷已佔月餅生產總成本的三分之一，每年用於月餅包裝的費用高達二十五億元人民幣。據往年統計，至少七成月餅盒等包裝，在中秋節過後就被當作生活垃圾處理了。家住上海莘莊寶城路五百弄的陳靜，上週買了兩盒月餅禮盒，每盒月餅淨重量六百二十克，各種包裝的總重量一千六百多克。月餅禮盒有二十一英寸電視機螢幕那麼大，外表精緻華麗，禮盒內，銀色綢布上放了八個月餅和刀叉，月餅和刀叉都用紙盒包裝，拆開紙盒是塑膠盒盛放的月餅。陳靜拎著沉沉的月餅盒回家，一大半分量竟是無用的包裝裝飾物。月餅畢竟是食品，沒有必要如此奢華地包裝。上海多家媒體聯手提倡廠家生產「家常月餅」，但上海市場上豪華月餅依然鋪天蓋地，市場佔有量遠勝「家常月餅」。月餅是吃的，如此包裝讓月餅變了「味」，月餅包裝的「瘦身」之路仍然遙遠。

月餅商戰拉開帷幕。儘管各地政府在幾個月前就叫停月餅過度包裝和搭售，月餅依然天價，包裝依然豪華，精明好利的廠家樂此不疲地追逐，正是因爲社會上有市場。

這樣的月餅不是自己買來自己享用的，而是送人的，當然不會送給親朋好友，因爲這類「變身」月餅傳遞的不再是友情和親情，歸宿只是一個，即手中握有公權力的人。攜帶古老而溫馨情調的「月餅」，當披上「黃金」馬甲粉墨登場時，月餅就變質了，露出的是「腐敗餡」。黃金豪華月餅成了權錢交易的潤滑劑，成了腐敗的紐帶。有所求又難以明示，想送禮又怕惹人眼，送這樣的月餅無疑是最理想的行徑了。

目前看，政府經濟部門沒能對頂風違規生產、銷售豪華月餅的廠家和商家採取措施，那麼紀檢和監察部門能否順藤摸瓜，緊緊盯住豪華天價的黃金月餅流向，是否公家付款，是否用於行賄。中秋過了，還有元宵、端午、重陽，但願別再出現「史上最牛」的黃金湯圓、「史上最牛」的黃金粽子了。

# 少了真誠，多了浮躁

步入鼠年，中國人對「老鼠」的成見不再那麼深了。大街櫥窗、家家戶戶，「鼠」（曙）光普曬，滿目是俏皮可愛、歡天喜地的靈鼠造型。鼠，趾高氣揚地佔著十二生肖的首位。真是非你莫「鼠」（屬），知「鼠」（書）達理，樂不思「鼠」（蜀）……時興手機簡訊拜年，和往年一樣，春節期間照例收到「鼠」（數）不盡的手機簡訊。還記得，二〇〇七年春節，全國發送的拜年簡訊總量達一百五十二億條，不知二〇〇八年春節會有多少手機簡訊在空中飛舞。再過幾天，正月元宵節來臨，按習慣，又會遭遇手機簡訊的狂轟濫炸。這一年的簡訊大多與「鼠」有關：

——青春「鼠」你不老，身材「鼠」你苗條，生活「鼠」你周到，工作「鼠」你最俏，財運「鼠」你火爆，官帽「鼠」你最高。

——祝你每天有「鼠」不盡的快樂，「鼠」不盡的鈔票，「鼠」錢「鼠」到抽筋，最重要是永遠「鼠」一「鼠」二。

——除夕門鈴叫，開門五鼠到，吉祥紅松鼠，平安大袋鼠，幸運小鼴鼠，福氣跳跳鼠，開心米老鼠，齊把新春報。

——祝你和你全家鼠年有「鼠」不盡的收穫，「鼠」不盡的笑容，「鼠」不盡的幸福，「鼠」不盡的美滿生活。

這類簡訊，都是轉發的，極少自創，有時一天就能收到完全相同的幾封簡訊。讀了第一二句，便沒有興趣和感覺往下讀，於是：刪除。當祝福變成簡單、重複的文字，拜年的味道也就變了。拜年祝福、談情說愛，沒必要去轉發別人的簡訊，或許別人的簡訊創意好，但內心的表達是最需要眞誠的。自己寫得再沒創意，即使三言兩語，也總比用別人的話表達牽掛和關懷強多了。

自己寫的，才是一種眞誠。轉發簡訊，顯得那麼浮躁。心浮氣躁，急功近利，敷衍了事的風潮，浮躁成了這個社會的一種通病。靠走捷徑而獲利的人，成了人們追崇的對象，股指不時升高，看到別人一夜暴富，自己按捺不住了，全民炒股成爲風潮；各地電視台的選秀節目你方唱罷我登場，眾多選手轉戰東西南北，只圖一夜成名；學術造假，新聞造假，食品造假，學歷造假，上市造假……

浮躁之風甚囂塵上。浮躁是一種病態心理。

如今，「許三多」在中國走紅，還大步走向世界。一月十三日，美國《芝加哥論壇報》載文〈在中國，人人都愛許三多〉：「在當今中國，拉關係和巧算計似乎才能確保功成名就，僅僅百折不撓往往不能奏效，許三多心懷眞誠，以艱苦付出取得成功的決心，令人振聾發聵。」

許三多是誰？電視劇《士兵突擊》中的主要人物之一。在過去的二〇〇七年，這部電視劇紅遍大江南北，虛擬人物許三多還上了全球最大的搜索引擎「百度」的圖標。許三多，一個來自農村的孩子，遲鈍、木訥、憨厚，讓人感覺他腦袋總是「少根筋」似的而忍不住想抽他揍他。在兵營，他待人眞誠，憑著自己的不放棄，一個人竟修了一條路，獨自看守連隊，成了特種兵，而最終成爲「兵王」。他有句名言：「好好活，就是做有意義的事；做有意義的事，就是好好活。」人的「活著」是要眞誠而有品質的，這就意味著心態不能浮躁，要做有意義的事，做了有意義的事，才活得更精采。

一個普普通通的許三多，讓那麼多中國人感動了，原本不用感動不必感動的事，大家卻爲之感動，那這個浮躁社會的某一個鏈條肯定出了問題。多年前那個場景至今難忘：湖南省婁底市七一煤礦透水事故，十六名遇難礦工之一的聶清文在安全帽上，用粉筆留下遺言，「骨肉親情難分捨，欠我娘二百元，我欠鄧曙華一百元，龔澤民欠我五十元，我在信用社給周吉生借一千元，王小文欠我一千元，礦裡押金一千六百五十元，其他還有工資」。這個一文不名的礦工，在被困井下生命垂危時，寫下鄭重的承諾，也寫下對人生的眞誠。

浮躁是一個黑洞，無聲無息中吞噬著人們本來寧靜而眞誠的靈魂。剛從雲南省麗江古城回來，在靜寂的古城，每天會經過一個街口，那裡有一個客棧，名字叫「等一個人」。離開雲南多日，仍常常想起取了這個名字的客棧，「等一個人」，寧靜地、坦然地、眞誠地，有所期待，那種等待的感覺很細膩，很舒心。有位異國詩人說過：貧窮而聽著風聲也是美麗的。即使一無所有，但那種無牽無掛坦然處之的心境，是對生活的一種眞誠。浮躁的物質場裡殘缺的，要寄求於精神上的眞誠去圓滿。

風聲，給心性送去一對精神的翅膀。

# 看看父母的背影

陰曆九月初九（二〇〇七年十月十九日）重陽節剛剛過去，今天的中國，敬老已是重陽的重要元素。近日聽說了兩則年輕人與父母關係的事。

其一。今秋開學，上海外貿學院開學典禮上放了一部十五分鐘的短片《父母的背影》，這是學校安排幾位教師和高年級學生，在迎接大學新生的現場用相機拍攝的八百多個感人的畫面，而後從中遴選了幾十張照片編製而成。在螢幕上，學生看到自己父母和同學父母送兒女入校時的情景：有的頂著驕陽，汗涔涔地揹著兒女的行囊，趕來辦理報到手續；有的幫兒女掛蚊帳，整理雜物，安排他們的生活；有的對兒女嘮嘮叨叨，囑咐這囑咐那，注意飲食，好好讀書，常給家裡打電話……看著這些畫面，學生們腦海裡都浮現出朱自清的散文〈背影〉中父親的形象，從自己和同學父親的背影，感受當年朱自清父親送子遠行的那種深沉的父愛。這是學院開學的第一課。

其二。重陽節送父母一份大禮，是上海白領的熱衷話題。給自己父母製作一張專屬MV是上海白領首選的創意禮品。這些白領請了幾天休假，臨時當了「狗仔隊」，偷偷捕捉父母平時的生活細節，清早晨運，鍛鍊身體；下午去菜市場買菜；傍晚在樹蔭下與近鄰聊天……在父母不知情的狀態下，拍攝他們這些平凡而感人的生活情節。拍攝後再精心製作，有的委託專業工作室完成，有些熟悉影視編輯的便自己動手。在網上白領論壇，如此拍攝製作父母MV，是重陽節前的一個熱點，一些網友還自發在網上開設視訊非線性剪輯課程，幫助不熟悉相關剪輯的網友完成製作。

父母的背影，父母的MV，正是前者下愛，後者上敬。上敬下愛，血濃於水，這是中華民族的深厚文化。不過，前不久讀到遼寧《新商報》的一則新聞，說大連一名青年上大學時結交了一名家境條件不錯的女友，在女友的幫助下留在瀋陽工作。這名青年打算在國慶長假期間將女友帶回家讓母親看看，但卻擔心做清潔工的母親，滿臉皺紋而長得有點醜，有損他的面子，於是寄了二千元人民幣，讓母親儘快去美容店做美容。這位母親從來沒有走進過美容店，好幾天忐忑不安。她猶豫再三，爲了兒子的「面子」，還是拉開美容店的門。她東張西望，怯生生地問：「做一次美容可以漂亮多久？」母親擔心的是美容效果，幾天後還能保持「美」嗎？她表露的是壓抑和不安。

可憐天下父母親，爲了滿足兒子的願望，這位母親或許是什麼都願意做的。一個年輕人爲自己的「面子」，卻不考慮母親的感受。只是爲了讓心愛的女友看著「舒服」，就要母親去做美容。或許女友更在乎的是他的人品，而不是母親臉上有多少皺紋，與其背著女友向母親下「美容令」，還不如對女友如實說，母親是一位清潔工，而且臉上有不少皺紋。這不丟人，丟人的是不能體諒母親的艱辛。

爲了女友而給母親如此下「美容令」，或許不多見。不過，退休老人從微薄的養老金中拿出錢，替不工作的子女繳納社會保險金的現象，卻時有所聞。上海勞動與社會保障電話諮詢中心透露，現在無業或失業人員繳納養老保險金須和醫療保險金一同繳納，合稱社會保險金，按自由職業者標準每月繳納金額最低是五百六十二元人民幣（城鎮標準），這五六百元對於退休老人而言並非小數目。他們不再工作，僅靠微薄的養老金生活，卻還要擔心自己的無業子女未來的養老問題，等於是從牙縫裡省出錢來爲子女繳保險金。這些子女大部分都是有勞動能力的，總是抱怨工作辛苦，就業環境差而難找工作，長期來遊手好閒，成了「啃老族」。他們說年輕，已不年輕，從小靠父母，長大也如此，這是「啃老族」的寫照。到了該工作的年齡，卻「賦閒」在家，靠「吃」父母的薪水度日，靠父母的養老金繳納社會保險金。

老年人對子女生活狀態的重視，已遠遠超過對自己生活狀態的重視。總體上說，老年人是社會的弱勢群體，養老金是老年人生活品質的基本保障。用自己的養老金爲子女繳納社會保險金，既導致老人現有養老保障水平「縮水」，生活品質下降，也容易令子女滋生過分依賴、不思進取的消極行爲，客觀上助長了「啃老族」群體的壯大。俗話說「養兒防老」，可如今，父母卻要爲子女防老而操心。

已經步入「老齡社會」的中國，老年人的贍養愈來愈成爲社會問題。面對一些子女的不孝，一些地方政府試圖透過簽訂「養老保證書」、「贍養協議書」之類的一紙協議，約束子女的行爲。四川自貢市自流井區滙興路居民林強和劉敏，來到婚姻登記處辦理結婚登記，同時還簽訂了一份所謂「敬老保證書」，保證婚後孝敬雙方父母和長輩。半年來，自流區像林強和劉敏夫婦那樣簽訂「敬老保證書」的還有七八百對。總覺得這類「敬老保證書」是一種親情的尷尬。

孝敬老人是道德對人的起碼要求，如今一紙協議橫在其中，不是對人性的褻瀆嗎？在親情中融入法律，法律給人的感覺是無情的，一把冷冰冰的利劍放在血濃於水的親情中，總覺得怪怪的。簽訂一份協議，不是治本之策。訴諸法律的規範也只不過是最後的屏障，其根本力量還在於道德。

# 像守護生命一樣守護每一元捐款

「大地無情人有情，我們都是汶川人」、「早捐一秒，多救一人」、「多一元捐款，多一分希望」、「每個人點亮一盞心燈，這個世界就不會有黑暗與恐懼」、「我捐出一億元，在四川建震不垮的學校」、「再大的天災，除以十三億人就會變得很渺小，除以六十一億人就變得更渺小」……全球捐款迅速飆升到一個巨大的數字，而且每天都在飛速攀升。截至五月二十日，從中央到地方的各級政府，投入救災資金達一百一十七億元，海內外捐贈款物一百三十九億二千五百萬元人民幣，其中捐款一百二十五億元。

說起捐款，就想說兩則故事。一則是新聞裡報導的故事，一則是朋友的故事。

其一。五月十五日中午十二點，南京江寧區東新南路的一個地震募捐點，一名六十多歲的男人，頭髮花白，衣褲破爛，手上拿著討飯碗。哆哆嗦嗦從口袋掏出五元，放進了募捐箱，低聲念叨了一句：「爲災區人民……」工作人員還沒反應過來，他轉身就離去了，望著他步履蹣跚而漸行漸遠的背影，工作人員掉下眼淚。下午三點，那位乞丐再次出現，他掏出一百元，塞進了募捐箱。工作人員趕緊上前問他的情況，他國語說得很差，工作人員好不容易才明白，他叫徐超，中午本想多捐點，但身上都是討來的零碎錢，不好意思捐，也擔心會給志願者添麻煩，後來湊了個數，去銀行排隊兌換了一張一百元紙幣，現在又來捐錢。他說，過去的八天就在街上要了這一百多元，看到災區人民困難就來捐了。據在場的保安說，他常在附近乞討，平時都看不到他吃什麼好東西。四天後，他第三次前去捐款，這次是三百三十九點零一元，據說這是他全部的積蓄。看來，如果評選二〇〇八年感動中國人物，他應該是候選人之一了。

其二。五月十三日早晨，身在新疆石河子市的上海人沈峰和妻子說著地震捐款的事。他倆一邊算帳，一邊商議，家裡只有三百元，加上剛收到的稿費一共不到一千元，翌日要交孩子五月至七月的幼兒園入托費一千二百九十元，看來要動用孩子過年時的壓歲錢了。他妻子說：「眼下我們是困難些，但災區人困難更大，我們有多大力就出多大力，一家三口每人捐款十元吧。」當天下午，夫婦倆去子午路郵局將三十元錢匯往四川省紅十字會。走出郵局，他妻子說，眾人拾柴火焰高，不管多少，捐出的就是愛心。妻子的話讓沈峰頗爲感慨。

大難興邦。這兩例捐款例子，說的都是社會底層人，一是乞丐，一是平民。國殤當頭，不管窮人富人，人人以這樣的方式手掬一捧燭光，一瓣心香，爲深陷黑暗的生命照亮，爲仍在等待營救的同胞祈福。每一條賑災熱線，都連向災區；每一個捐款帳號，都成愛心密碼；每一項捐贈款物，都表達守望相助。以香港爲例，香港研究協會的一項最新調查顯示，九十一％受訪者表示會爲汶川捐款，僅三％的表示不會捐；九十％受訪者支持香港政府在地震翌日撥款三億元救災。

當下，「大陸富商，爲富不仁，捐款太少」成爲中國網民的一個熱門話題。據悉，大陸富豪榜上排名前十位富豪才總共捐出三千二百五十萬元。人們認爲，社會財富駕馭者的中國企業家們，應爲賑災多捐些錢。捐款理應不分多少，不過，能力愈大，責任也愈大。其實，讓人們應該關注的是賑災「捐款秀」。過去才三個月的那場特大雪災，不少企業、富豪都公開捐款，但實際到位的究竟有多少呢？

二月二日晚上，湖南湘潭廣電中心一樓演播大廳，一場名爲「二〇〇八湘潭之戀」的賑災晚會上，企業家們舉的數額牌，早已準備妥當，各企業捐款的數目、出場的順序，事先已確定。晚會高潮時，湘潭許多明星企業紛紛舉牌「認捐」，贏得滿堂喝采，現場共募捐一千八百四十九萬元。不過，在晚會過去二十二天，湘潭市民政局宣布，雪災款實際到位僅一千零一十一萬元，尚有八百萬元未到帳。民政局發出「最後通牒」，稱以二月二十九日爲大限，公布「愛心老賴」名單，在壓力下，一些企業才履行承諾，但到最後未到帳的捐款還有二百六十五萬元。同樣的事情在各地都有發生，二月三日湖北省抗雪救災晚會共接受捐款一億零六百萬元，但截至三月四日實際到帳七千多萬元。據悉，這些「老賴」企業吐苦水說，企業經營原本就不好，都是政府部門下指令給壓力，被逼做慈善捐款秀。

那麼，三個月後的今天，爲汶川捐款，會不會又是一場秀呢？令人更應關注的是，人們的捐款去了哪裡，用在哪裡。難怪有人說：捐得再多自己都不心疼，就怕捐款到不了災民手裡。儘管中共包括民政部、財政部、中紀委、審計署、最高檢在內的各部委，一再表示要合力保證資金使用的透明度，加強對救災撥付資金和捐助款物管理、使用情況的檢查，嚴防貪污挪用，但人們還是有理由惦念飽含自己心血的捐款，能否眞的成爲愛心傳遞。

往年，人們的扶貧捐贈，最終變身政府辦公樓、宿舍樓時有所聞，人們的慈善捐款，最終變爲一些官員的工資條，一些部門的小金庫，也時有揭露。那麼，今天有必要建立一個有效的新機制，管理這筆救災巨資，以社會層層保障監督機制，守護和用好每一元捐款。一個和諧的社會，必然是融入來自國家、社會、公民諸多力量的結果。這十天來的抗震救災已經表明了這一點，那麼守護這筆善款，僅僅由政府擔當是不行的，必須由社會與公民參與。

地不分南北，人無分老幼，都在全力以赴，關注災區，救援災民。這裡的「地」，已不只是中華大地，而是全球各地；「人」也不只是中華兒女，而是包括了不同民族、不同膚色的全球民眾。捐款仍在繼續，珍惜捐款，就是珍惜愛心。要像地震中搶救生命、守護生命那樣「創造奇蹟」，守護每一元捐款，讓救災善款沒有一筆被截留、被挪用、被私分、被貪污，也創造中國慈善捐款的「奇蹟」。

# 銀行排長龍

陪同內人從香港到深圳，處理銀行人民幣戶口，想到又要在銀行排隊少則一小時，多則二小時，精神壓力很大。在中國大中城市，銀行排長隊，始終困擾著市民百姓。五月二十日在北京採訪，路過宣武門校場口一家商業銀行，自動存取款機當機，排隊等候的竟然有一百多人，服務大廳人滿爲患，銀行門外還擁著不少人。排隊人龍嚷嚷著，銀行工作人員的解釋竟然是：由於客戶太多，錢存得太多，機器撐飽了滿了，於是存不了錢了。銀行有規定，每週一、三、五對存取款自動櫃員機作清理，取出櫃員機裡的錢款。誰料到現在的人那麼有錢。

解釋還如此振振有詞。客戶是不管銀行的櫃員機是否撐滿了，既然是服務時間就得有服務。爲什麼一、三、五的「定期清理」，就不能改一改，改爲每天清理，甚至半日清理呢？既然櫃員機故障了，爲什麼就不能在銀行外掛一塊牌：櫃員機故障，請到附近某某處辦理。看來，問題還是服務意識。

曾經從網上讀到一條消息，記者在四家國有銀行據點，從取號排隊到辦業務，花費的平均等待時間爲八十五分鐘，最短五十六分鐘，最長一百六十七分鐘，在五家股份制銀行據點平均爲三十五分鐘，其中招商銀行和北京銀行分別爲四十八分鐘和四十七分鐘。

這是令人頗爲無奈的排隊時間。不得不排隊，排了隊心中又一窩火。銀行排長隊現象愈來愈突出，經濟持續高速發展，金融服務需求急劇增加，股市大熱令銀行長龍加長。於是，「銀行長龍」成了近一個時期來的社會熱議話題，「銀行長龍」從未像現在這樣受到社會輿論的強烈關注。

市民怨聲載道，主管部門出面干預，銀行也採取了一些相應措施，上海的工商、農業、中國、建設、交通、光大、招商、民生等八大銀行先後表態要解決排長隊頑症，然而至今長龍依舊。即使從服務意識而言仍不到位。

現在銀行的營業時間有的中午休息，有的中午是不休息的。市民和人大代表對銀行中午休息已經不知給予多少批評，但這些銀行至今安之若素，依然故我。中午正是上班族和學生族利用午飯間隙辦事的時段。不少銀行據點在中午業務最繁忙的時間，依然堅持十二時到一時半之間休息而不營業。

上海大學教授陳憲有過如此遭遇。那天中午十一點多，他去一家國有大銀行區級支行辦事。偌大的營業廳有十多個窗口，但僅有兩個窗口在服務。他走近一看，是兩名實習生在忙碌，他拿到的排隊號表明，前面還有三十八人排著隊。從營業大廳走動的工作人員的神色看，他們對此視若無睹。這種情況表明，與其說服務供給數量不足，不如說是服務供給效率不足。

有專家分析銀行排長隊現象說，問題癥結是銀行挖潛能力不足，以及電子銀行使用尚不普遍等原因造成的。發達國家的銀行據點數量呈下降趨勢，因此，大幅度增加據點而解決排隊「長龍」現象，既不現實，也不符合發展趨勢。貌似有理的分析。其實發達國家逐步取消銀行服務數量，是因爲它們已經擁有完全覆蓋而服務層次清晰的金融體系，而中國人口眾多，市場情況和客戶結構複雜，市民的銀行服務需求急速上升，買基金、換外匯，都是新近快速增長的業務，央行的加息措施，令市民的存款帳戶出現轉帳或活期轉定期、定期延長，如不增加服務提供的數量，排長隊是難以避免的。拋開銀行服務供給量不足的問題，銀行排長隊主要還是服務管理和體制問題。

爲什麼四家國有銀行比股份制銀行排隊時間要長得多，這四大國有銀行，憑藉體制內優勢，集中了工作量較大的業務，如代發工資和養老金。由此可見，銀行業務的競爭並不充分，銀行業依然是幾大國有及國有控股銀行的天下。國有銀行雖已上市，但幾十年來的政企不分，並沒有隨著企業部門和職務等技術環節變化而變化，對市民的理財需求，尚沒有足夠的服務準備。

報載，中國銀行上海分行的營業據點近日推出一項「業務辦理加急」服務項目，客戶出五十元人民幣加急費就不用排隊，可提前辦理業務。此舉引起上海市民軒然大波，指責銀行是「趁火打劫」。其實，中國銀行的「加急費」服務，悄然推出已經有一段日子了。這對於「窮人經濟」來說，不願多付五十元的市民，排隊的時間就由此排得更長了。民生問題的解決借助提高「門檻」來實現，顯然有違社會和諧。問題還在於，這是否屬於亂收費，新業務的推出並未經明確公告，絕大部分客戶並不知曉中國銀行有這一業務。在中國，目前的銀行仍有壟斷性質，因此，銀行新增加收取服務費用，必須經過公開程序，經價格監管部門的認可，銀行無權收所謂「加急費」。

首批外資法人銀行已可在中國經營人民幣存貸款業務，但這些外資銀行的服務定位和收取的手續費頗高，它們的服務與普通市民無緣。有學者提出，唯有向合格的民營金融機構開放銀行業務，實現充分競爭，國有銀行排長隊，就去民營銀行，有選擇才有希望，否則銀行的長龍難以眞正解決。

# 春節「壓歲錢」

春節過去了，年還沒過完，直到正月十五，風俗上都算過年。

當下，不少異鄉打工者都沒有回家過年，成了「恐歸族」。他們不是不想回家見父母，而是既對回家之路的艱辛感到恐懼，又對回到家要付出的壓歲錢（紅包、利是）感到恐懼。對囊中羞澀的打工者而言，派發壓歲錢成了一種沉重的煩惱。在中國大陸，春節習俗各地不同，但給壓歲錢卻是共通的，長輩給晚輩，工作賺錢的給不工作不賺錢的，結婚的給沒結婚的。

中國人究竟有沒有錢派發壓歲錢？中國人民銀行公布的數字顯示，截至二〇〇五年十二月末，城鄉居民儲蓄存款突破十四兆元，達到十四兆一千零五十億九千九百萬元。這是在一年內，城鄉居民儲蓄存款連續跨越的第三個兆元大關。一月，居民儲蓄存款突破十二兆元；五月，突破十三兆元。不過，據分析，貧富差距過大是導致銀行儲蓄不斷攀升的主因。數據顯示，中國大陸城鎮居民可支配收入的基尼係數目前已達到〇．四四七，明顯高於國際上收入貧富差距〇．四的警戒線。這表明，不斷遞增的財富並不是平均分配給每一個百姓的。人數最多的中小儲戶，擁有的存款並不多。眞正需要消費的人，口袋裡沒有足夠的錢，而有錢的人，財富達到一定程度時，其消費量將停止增長，他們考慮得更多的是如何令現有資本使財富增長，而不是先把手中的這桶金消費了。

可以說，派發大額壓歲錢的富人肯定有不少，但更多的是，用不太多的存款作爲壓歲錢派送，還是有點「心驚肉跳」的。

如今一般而言，給一個壓歲錢最少一二百元人民幣，十個就是一二千，姊姊哥哥的孩子，親戚的孩子，朋友同事的孩子，鄰居的孩子，過年給的壓歲錢三五千元是尋常事。這對經濟實力不強的年輕人來說，無疑是煩惱的事。壓歲錢水漲船高，年年見漲。人家給多少，自己就得給多少，總不能給少了，少了拿不出手，沒面子。然而，多了又給不起。這三五千元，簡直是大出血。給壓歲錢往往有三怕，除了怕給少了，還有怕漏給，怕給晚了。

過年，長輩給晚輩送壓歲錢的習俗由來已久。壓歲錢也稱「過年錢」、「壓勝錢」、「壓祟錢」，意味著鎭歲、避邪、去病、祈福，是長者對晚輩的祝願。據記載，壓歲錢最早出現在漢代，以圓形圓孔和圓形方孔爲主，錢的正面爲吉祥文字，或正面爲錢文，背面爲祥瑞圖案。唐朝時期，春節初一定爲立春日，宮廷盛行春日散錢，民間尚沒有拜年習俗。宋元以後，春日散錢演變爲長者給晚輩壓歲錢的習俗。明清時期，長者用紅繩串連壓歲錢送給晚輩。民國時期，方孔圓錢逐漸取消，長輩則用紅紙包一百文銅元作爲壓歲錢，其寓爲「長命百歲」。貨幣改用紙幣後，長者喜歡用連號的新紙鈔賜予晚輩，意味著「連連好運」、「連連高升」，數目必取偶數，以求吉利。這種將連號錢作爲壓歲錢送予晚輩的習俗，一直延續至今。

最新的一份調查顯示，僅有六%的人認爲應該取消壓歲錢，絕大部分認爲，春節一年一度，象徵性地給一份壓歲錢而圖個熱鬧還是不錯的。二〇〇六年春節來臨前夕，河南大學教授、民俗學家高有鵬發表〈保衛春節宣言〉，引起各方強烈關注，多少代人流傳下來的「壓歲」習俗，自有它存在的樸素道理，是一種傳統節日的文化。

調查還顯示，四十五%的父母會把孩子收到的壓歲錢要回來，家長擔心的是，過完年，孩子們都有了些錢，於是今天他請客，明天我請客會成爲一種風氣，更不好的是，孩子們手中有了錢，就會無約束地結伴去遊戲機房玩網路遊戲。於是有人撰文提出「不妨用知識給孩子壓歲」，「送壓歲錢不如送書，書是精神，錢爲物質，過年提倡移風易俗，若用精神壓歲，品味提高了，便也和某些陳規陋習訣別」。問一百個孩子，要壓歲錢還是要書？恐怕九十九個要壓歲錢。孩子們喜歡過春節，能收到一筆數目不小的壓歲錢是原因之一。孩童的天性就是「玩」，就是歡樂，壓歲錢能比書帶給他們更多的歡樂。有了壓歲錢，可以買電腦，可以假期旅遊，可以交學雜費，可以上英語班……當然也可以買書。

上月去大連，發現一家銀行推出「小鬼當家卡」。五彩繽紛而充滿童趣的「小鬼當家卡」，是第一張爲中國兒童提供專業理財服務和知識的銀行卡。過時的儲蓄罐已經不能滿足今天兒童理財的需要，不少孩子已經擁有自己的銀行帳戶，但孩子的帳戶一般都由父母保管。給孩子魚吃不如教孩子捕魚。在父母給予的上限金額內，「小鬼」可自由支配「小鬼當家卡」中的金額，如此能從小建立正確的金錢觀念，了解基本的理財常識。理財會給孩童帶來樂趣。

這是不錯的壓歲錢市場。

# 「消費愛國」與「宅男宅女」

上帝造人，人造都市，都市造上帝，造消費上帝，商場不是有口號說，「顧客就是上帝」嘛。古人說，有容乃大，無慾則剛。都市沉思，而後微笑，取了前半句給自己作準則，於是什麼商品都「容」有了，卻將後半句「無慾」留給信奉的都市人吟詠。不過，沒有購物慾的都市人，卻似乎不多。

聖誕、元旦過去了，春節、情人節來臨。這是消費的熱季。那天在上海走過淮海路，不論是新華聯、華亭伊勢丹，還是二百永新、中環廣場，都是人潮洶湧。大減價下，那些平日價格高得令人咋舌的品牌鋪位，付款櫃前，排隊的人群一溜兒，似乎這裡的商品都白送似的，等候免費領取。那麼多人像是吃了狂喜興奮劑，急著給商家送錢。人們眼中所見的不是商品本身，而是正價與減價的差異。朋友中不少人會患「大減價抵抗力缺乏症」，這貨品有沒有用，根本不理會，一見低於半價的標價，就失去理性，瘋狂購入一大堆沒用的物品。多少女子家中的衣裙鞋襪，多得一輩子也用不完，掛了幾年都沒穿過，只是試穿時穿過三分鐘，購物最大樂趣不是使用這一物品，而是購買時的快感。都市中的購物狂更打著「消費救市」的旗號，理直氣壯瘋狂掃貨。

金融危機影響全球，許多人會說，這個冬天會很冷。有人失業了，有人的股票被套牢了，有人發愁下個月能不能按時還房貸的錢……人們節衣縮食，不願掏錢，不願花錢，消費意慾驟減，想消費也沒有本錢了。奇怪的是，各地政府卻大把撒錢，意圖拯救經濟。政府高官一再呼籲，啓動內需，人人消費，更身體力行，在電視攝影鏡頭中，進商場，逛攤販，表演一場又一場消費秀、購物秀，作秀如演戲，似乎在說，冬天再寒冷，也會有陽光灑下溫暖。

北京政協委員李哲在一次專題座談會上，向北京市長郭金龍提議，用愛心和民族精神鼓勵消費，具體做法是讓每個人、每個單位把自己一年的收入都花去消費，發動一場愛國消費運動，以擴大內需。幾乎同時《瞭望》雜誌發表韓保江和竇勇的評論文章〈積極消費就是愛國〉，文章認爲，「要積極倡導消費」，「在和平年代，愛國就體現在生活的每一個細節當中」。安徽合肥市委書記孫金龍，爲「支持房地產業拉動內需」，在考察合肥房地產市場時，當場掏錢買下八十多平方米的高層住宅，規劃局長王愛華在電視鏡頭前高聲說「買房就是愛國」。

不是不愛國，只是愛不起。手中有些餘錢，該消費的大都會去消費。不否認消費是經濟發展的內在要求。但當局能把城鄉消費者的眼前之虞和後顧之憂都解決好嗎？社會保障體系不完善，就難有安全感。叫人多點消費，以刺激經濟，這是有錢人的話語，把一年的收入全耗在消費上，也是有錢人的舉動。當今中國，暴富和赤貧同存，最新數字表明，城鄉差距已突破一萬元人民幣，是世界上最大的城鄉差距。這寒冬中，還是能省就省。否則，大市場的經濟未救，自己的經濟先崩潰了。誰到最後還有餘錢，誰才是贏家。市民過度消費會有什麼後果，美國已經示範在前。

購物愈多，排碳量愈高，這早就是人類共識。前不久，香港兩位主教發出聖誕文告，指金融海嘯的爆發，是過分消費、揮霍，是貪得無厭地掙快錢所致，市民應該節儉過節，持久的脫貧秘訣是「神貧的精神，節儉的美德」。信不信教是一回事，主教的文告或許有合理成分。

在北京認識一對「宅男宅女」。都說「宅人」最環保，因為不過度消費。那「宅女」不修邊幅，不愛打扮，不喜逛街，不願八卦。工作之餘，厭倦與人應酬。閒暇時分，喜坐家中的老搖椅上，發發呆，看看書，聽聽音樂，上網灌水玩遊戲，肥皂劇可以打發一個無聊的晚上，點開淘寶網，也能買到日常必不可少的用品。朋友們稱她「宅女」，她總是微微一笑，自感這稱呼也不錯，她對自己的生活狀態相當滿意。

她說：「宅」著的時光，是最眞實最放鬆的自我，不用穿折磨小腿的高跟鞋，不用戴讓雙目發澀的隱形眼鏡，不用煞費苦心地琢磨上司的心思，不用時時微笑和人招呼，可以花一個下午的時間，耐心給自己和老公煲一盅靚湯，而後斜倚沙發，對著電視機自個兒傻樂，還有比這更幸福的生活嗎？

她的老公也是「宅男」，有共同愛好，喜歡窩在家裡玩網路遊戲。她如此「慵懶」，如此「邋遢」，在老公眼裡，卻宛如仙女下凡。她那個樂呵美呵。其實，「宅生活」並不是一般人想像的那樣不合群。她工作的時候，那股勁那能力不容置疑，之所以喜歡「宅生活」，她說是覺得當下的城市生活節奏太快太浮躁，整天與陌生人聚會、吃喝，似乎所有問題都要透過寒暄和客套來解決。看來，他倆要把「宅男宅女」的幸福生活進行到底了，要給自己的心靈留足自由呼吸的空間。她說：「我和老公都渴望偶爾脫下假面，享受那種愜意和滿足。我們都不喜歡過分消費，不是說，購物愈多，排碳量愈高嗎？我們不是極端環保分子，在力所能及的時候，我們都會環保。」

不能否認，因爲有了都市，地球愈來愈貴。金融海嘯襲來，原本可以讓地球稍稍喘息，但當下又呼籲大力消費，拉動內需。是否消費，各人自有盤算，購買的商品，是「想要」還是「需要」。冷靜並非等同拒絕消費，冷靜能減少浪費和後悔。滿足基本「需要」就應該消費，滿足「想要」的生活，卻是無底深潭。社會不能奉行物慾主義，節儉，是一種美德，不是金融海嘯下的無奈。

# 身高只差一公分

新疆伊犁哈薩克自治州公開招考一千多名鄉村教師，在阿勒馬勒小學自然課教師的職位競爭中，三十八歲的「代課教師」張培菊，卻因身高差一公分，被擋在正式教師的講台之外。她的筆試、面試及綜合成績都是第一名。在莫乎爾鄉牧業小學代課任教十八年，她年年被評爲優秀教師，卻因身高只有一四九公分，達不到新疆《教師資格條例實施細則》中一五〇公分的要求，被認定爲體檢不合格，喪失了轉爲正式教師的機會。在這次招聘鄉村教師的考試中，有十一名應聘者因身高、體重「不達標」而與所報考的職位無緣，而他們的考試成績幾乎都在各自報考職位的應聘者中名列第一。

這是一種就業歧視。有教育部門人士解釋，身高不達標的教師，沒法在黑板上部寫字，令教室後排的學生無法看見板書。如此規定的初衷或許不無道理，但新疆地區教師匱乏，以身高和體重的外在條件決定是否錄用人才的做法，值得商榷。

關於身高，曾經幾次發生過「一寸身高一寸『金』」的事。

記得，二〇〇七年，重慶沙坪壩區，一則貿易公司招聘女大學生的廣告，出現在高校校園裡：「身高一六〇以上，每月底薪一千元人民幣；身高一六五以上，每月底薪一千五百元；身高一七〇以上，每月底薪二千元」。二〇〇六年，浙江省義烏市保安服務公司規定，一六八公分以上的保安，月薪爲一千五百元人民幣，而一六八公分以下的，只有一千三百元。

過了農曆春節，中國大陸各地都出現招聘潮。從前只聽說租婚紗、租禮服的，在應聘潮中，居然有商家爲求職大學生推出出租「應聘服」業務。鄭州出現專門針對畢業生出租衣服的店家，花上幾十元人民幣就能租到一套得體的服裝。這一業務還眞受大學畢業生歡迎。

爲找到一份工作，不少應屆畢業生費盡心思「包裝」自己，購置一套西裝或套裝，或許要花費數千元人民幣，否則，擔心自己的服飾不怎麼高檔，擔心因此給用人單位留下過於隨意的印象。常常聽到這樣的事，求職者學歷過硬而能力優異，卻因穿著隨意，或沒有穿西服等正裝，或身上的西服是水貨假名牌，而最終被招聘單位淘汰。求職者舉債「包裝」自己，不堪重負，於是尋找「出租」的捷徑，可見，問題還主要在用人單位的考察標準上。

當下，許多求職者爲自己的求職照片大費周折，甚至不惜花重金去拍攝一吋照片，求得一張修塗得連自己都快不認識了的自己照片。漂亮的完美的求職照片，往往能打動招聘單位。這樣的簡歷照片隱含著多少虛假的訊息。簡歷表上的一吋照，只要樸實大方就好，看重的應該是應聘者在簡歷表上的自述。

有一項心理學試驗。事先把一美元硬幣放在電話亭裡，再讓一個美女和一個醜女分別走進電話亭，向打電話的人詢問：「我是不是把一美元硬幣掉在這兒了？」結果，撿到硬幣的人中，八十七％的人將硬幣還給了美女，而醜女拿回硬幣僅六十％。女人如此，男人也如此。在職場，相貌好的人被錄用的機會高，難怪整形美容是一項朝陽產業。現在愈來愈是「眼球經濟」的時代。無疑，愛美之心，人皆有之，但職場唯貌取人，卻是一種就業歧視。

有些工作，如空姐、模特兒、前台接待，在相貌上有特殊要求。但再醜的人，也能外表得體，氣質優雅。那句名言說得好：這世界不缺少美，而是缺少發現美的眼睛。不指望他人更多地發現我們的美，但可以多發現自身的美，心靈自信美，在競爭激烈的職場中，保持流溢的心情和向上的心態。無論什麼樣的容貌、體形、身材，除了學識和技能外，只要穿著得體，談吐自然，舉止文明，就是一種美。

中國目前就業歧視的領域有：性別、民族、性取向、政治面貌、宗教信仰、殘疾人、戶籍、年齡、身高、外貌等。中國政法大學憲政研究所有過一項十城市調查，目前就業歧視相當普遍，調查顯示，認爲就業領域存在就業歧視的受訪者高達八十五．五％，制定《反歧視法》迫在眉睫。

程麗是南京一所明星大學金融專業的應屆畢業生，在一家證券公司第一次面試，老總對她各方面都滿意，只是嫌她矮了一點，是否錄用，有些猶豫。過了五天，公司又要她第二次面試。會議室裡，除了老總和人事部主管，還有一位七八十歲的老先生，老總對程麗說，請這位相命大師再看看而後作定奪。

程麗一聽要算命作出是否錄用的決定，有點摸不著頭腦，內心忐忑不安。大師按「男左女右」的傳統，要程麗伸出右手，細細端詳，微微點頭：「掌紋是『川』字，女的旺夫。」大師接著說：「你小時候曾經兩次死裡逃生。」程麗一驚，她小時候游泳差點溺水：「是啊，沒錯。」大師又掐指神算，說了幾個問題，程麗頻頻點頭，有點瞠目結舌了。看完掌紋，大師再看「五官判人品」和「財路」：「這小姑娘思維活躍，有富貴命，能爲公司招財。」在一側的老總旋即拍板：「我錄用你了，明天就正式上班。」

如今應聘面試，要經「相面先生」看掌紋看面相；能否錄用，由血型說了算；是否適合職位，要先計算星座和生辰八字。應聘者屢屢遭遇新招怪招。用人單位的試卷，考題更是千奇百怪。有一所高校的自招題是：有人將「度日如年」曲解成日子過得太舒服，每天都像過年一樣，請考生再想出兩個曲解成語的例子。於是有考生的答案是：「夫唱婦隨」——丈夫進了歌廳，妻子跟蹤尾隨；「知足常樂」——知道有人請自己去足浴店洗腳，心裡就感到快樂。不知這所高校的老師是否判這些答案爲正確，但以此來判斷高中畢業生的語文水平和反應能力，顯然是相當荒唐的。

# 教育，說一聲「免費」不輕鬆

「新年如意事事順」，這是安徽省蒙城縣張灣村農民張道遠家門上貼的對聯的下聯。對聯已經殘破，貼了有十個月了。兩個月前，在蒙城採訪去了張道遠家探訪。過去的這一年，對他而言，並沒有「事事順」。張灣村由幾個小莊組成，張家所在的張灣莊就是其中一個村莊，僅張灣莊就有一千人，都是貧困戶。六十三歲的張道遠，雙親早逝，家中只有兩間破土屋、四畝地。一家人每天只能吃稀飯，下麵條。他娶不到妻子，經人介紹，千里迢迢去甘肅省領了一個智障女回家。這妻子整天呆坐著而不會幹活。小兒子張得蒙學生檔案表上的母親一欄裡，填著「無名氏」，母親是啞巴，誰都不知道她的名字，或許她從來就沒有名字。大兒子張國亮上中學，學習成績不錯，考大學沒有問題，只是家窮而學費過高，將來很可能上不了大學。

張道遠在四年前中風，留有後遺症，手腳不靈活。他說：「我不能倒下了。不能幹活也得幹，我的孩子要讀書，沒錢就沒法供孩子上學。」在中國大陸，像張道遠家這樣的情形，可謂比比皆是。

智障女「無名氏」來自甘肅省，再舉一個甘肅省的例子。甘肅榆中縣新營鄉謝家營村山頂社，是一個普通的小山村。恩玲中學學生楊英芳一家幹完農活，從地裡回家。五十三歲的父親楊育祥手裡捏著兩個紙團，叫來兩個孩子，說：「家裡沒錢，你們姊弟倆只能一個上學，就抓鬮吧，誰抓上就給誰的學費交了。」弟弟楊棟說，他不抓，姊姊不上學，他也不讀書了。楊英芳也不願意抓，她說，先把弟弟的學費交了，自己的學費欠下。其實，這是父母的一個「陰謀」。家裡二十七畝地，其中三畝已「退耕還林」，家裡的大半收入來自這二十四畝地，年收入有時是二千元，最多的一年四千五百元人民幣，但兩個孩子的學費和生活費，每年需要七千元。二〇〇五年家裡只掙到一千多元，而兩個孩子的學費先要交一千七百元。父母已狠下心，只讓兒子上學。父親說：「你倆先抓一下，開個玩笑。」父親邊說邊將一雙手伸向女兒，每隻手掌握著一團紙。楊英芳見父親如此執著，就隨意拿過一個紙團，打開一看，紙上是空白的，她一下癱坐在地上。其實，父親左右手握著的都是空白紙。

楊英芳抓到不再上學的紙團後，給家人做了飯，到山上的農田幹完活，而後從三百米高的懸崖上縱身一躍。全村五六十村民找了兩天三夜才救起昏迷的她。

醒來後，她說：「不能念書了，唯一的出路斷了。我不想再回家。我這樣做，不後悔。」恩玲中學副校長張少華說，小學和初中的學雜費都不算多，上大學還有助學貸款，高中卻成了「黎明前的黑暗」，是農村家庭最大的負擔。

世界上一百九十多個國家和地區，已有一百七十多個實現免費義務教育。在中國，教育和醫療、住房成爲中國人的新「三座大山」，壓得人們喘不過氣來。由於各地生產力發展水平不同，教育投入的能力不一樣，放任這種情況繼續下去，必然導致貧困地區教育投入愈來愈少。當今中國繁花似錦的盛世輝煌下，出現的那片「失學兒童」的巨大陰影，成爲盛世中的諷刺。

據北京官方中國人權發展基金會和愛心助學工程組委會公布的失學兒童數字：小學適齡兒童輟學率○．三四％，達一百四十六萬人；中學適齡少年輟學率達二．八四％，達四百九十七萬人，兩者總共六百四十多萬人。據北京學者估算，實際失學兒童遠遠超過官方這一數字，至少是一倍，達一千多萬。據聯合國公布，全球有一億二千六百萬失學兒童，可見中國大陸就佔了十分之一。北京早在十二年前就表明，要在二十世紀末實現九年義務教育，但二十一世紀過去了五年，依然沒有實現。爲什麼一拖再拖？是中國貧窮嗎？令人感慨的是，很多在中國西南邊境的失學兒童，紛紛跑到比中國經濟情況差多了的越南和緬甸求學，由周邊的窮國來教育中國的下一代。這一奇特現象，難道不值得中南海深思嗎？

當今，凡有孩子上學的家庭，大都負擔很重，讀小學和初中，只要選擇一個想去的學校，就必須交付一筆不少的擇校費，進校後，還得應付明碼標價的學雜費，而更大一頭的是眾多巧立名目的費用。一個多月前，國家教育部發布《中國全民教育國家報告》：爭取到二〇〇七年全國農村義務教育階段家庭經濟困難學生，都能享受到免費教科書和住宿生活補助；力爭到二〇一〇年在全國農村地區全部實行免費義務教育；二〇一五年在全國普遍實行免費義務教育。爲公民提供免費義務教育，是政府的基本職能。據悉，中國正在起草《轉移支付法》，對教育財政經費的轉移支付作出規定；《義務教育法》以及實施細則也在修改。

有消息說，蘇州和北京的小學和初中學生，從二〇〇六年起不用交錢上學了。北京免除九年義務教育中的學費、書本費和雜費，對農村地區和家庭貧困的孩子，還逐步實行免費讀高中。蘇州免費項目不僅是學雜費、教材費，還有訊息技術費。因此蘇州是全國第一個全免費義務教育的地區。

中共於二〇〇六年起將出現全民辦農業的熱潮，提出「工業反哺農業」、「城市支持農村」等戰略舉措。中國加入世界貿易組織（WTO）後，根據WTO的規定，逐步減少對農業的補貼，中國不能在農業發展上直接作政府補助，但完全可以透過承擔非農業生產的支出，來扶持農業生產，減輕農民的非農業生產性負擔，讓農民從中得到更多實惠。

當然，說一聲免費，其實並不輕鬆。據說，蘇州進入義務教育階段的學生有七十萬，地方政府每年需爲此追加財政性教育支出三億元人民幣。中國現有義務教育階段學生一億八千萬，按通行算法，小學和初中生平均一年需交費八百元人民幣，就需一千四百億元。承擔如此巨額，確實不簡單，中共下了很大決心。

對教育不公平的激憤，在中國百姓心中積壓許久。教育是民生之基，社會的公平，首先是教育機會的公平。讓窮人和富人的孩子，同處一條起跑線，才能安天下，穩民心。今天的中國大陸，教育價值有所失衡，教育行爲有所失範，教育公共投資不足，國民佔有教育資源嚴重不平等，使全民本應大致公平享受的義務教育權利，在很大程度上淪爲權力和金錢的競爭，教育的公共性令人憂慮。

新年來臨，安徽省農民張道遠家門上貼的舊對聯「新年如意事事順」，不知是否取下，又換了新聯？祝願他和家人夢想成眞。

## 「還能吃什麼」和「食品威脅論」

有上海人如此戲稱餐桌上的煩惱：早晨，剝一只「紅心鴨蛋」伴泡飯，外加幾片「瘦肉精」豬肉製成的火腿腸；中午，蒸一條「嗑過藥」的多寶魚，涼拌一盆致病福壽螺；晚上簡單點，煮一碗「吊白塊」龍口粉絲湯。「紅心鴨蛋」，即餵養鴨子的飼料裡有一種「工業染料油滎紅」，含四成七的蘇丹紅，國際癌症研究機構將它列爲第三類致癌物。吃了「瘦肉精」的豬，肌肉發達，但有毒副作用。「嗑過藥」的多寶魚身上有氯黴素、紅黴素、孔雀石綠等違禁藥物殘留。福壽螺帶有致腦膜炎的「廣東住血線蟲」。「吊白塊」粉絲即含有有毒工業漂白劑。簡單一句話，那上海人一天吃的都有「毒」。

北京的單身白領，當下出現「拖油瓶族」。單身白領幾乎每餐飯都在外吃，他們中不少人帶著油瓶上飯店，直接走進廚房，吩咐廚師用自己帶來的油炒菜。這些白領雖然自帶炒菜的油，對餐牌上標的菜價一分不會少付。他們擔心的是飯店用的油來路不明。據回收廢棄食用油脂的專業公司披露，近年每年至少有上千噸廢棄食用油不知去向。據媒體披露，常有外來務工者在一些飯店後門的窨井，用管子吸走地溝油，而後加工成「食用油」，廉價返銷飯店使用。

中國有句老話：國以民爲本，民以食爲天。今天吃吃喝喝，眞是一步一驚心。吃牛肉，擔心狂牛症；吃雞肉，擔心禽流感；吃西瓜，擔心注射過紅藥水；吃大米，擔心用石蠟加工；吃腐乳，擔心加入工業顏料；吃木耳，擔心用硫磺燻製；吃蔬菜，擔心農藥殘留。用色素醋酸勾兌的食醋，用工業雙氧水漂白的開心果，用石蠟增硬的火鍋底料。誰還敢喝摻了牛尿的牛奶，據說牛尿能延長牛奶保鮮期。當今社會，人們身邊還有什麼食品是安全的？問題食品，可謂風聲鶴唳。

公眾對食品安全問題的重視，反映了人們對生活品質的高要求，反映了人們對生命健康的認同。「問題食品」尙是相當文雅的稱呼，在大眾流行語中，稱之爲「毒某某」、「黑心某某」。對於「問題食品」，幾乎人人是「零容忍」心態。人們紛紛發出振聾發聵的呼籲：今天我們還能吃什麼？建立無漏洞的食品安全制度確實迫在眉睫。對問題食品不能心慈手軟。五月一日，國家商務部發布的《流通領域食品安全管理辦法》開始實施。對這一「辦法」，有讀者就顯得不那麼「明白」：對「問題食品」爲什麼只是輕飄飄一句「應當立即停止銷售」，就等著人家「改正」；對「逾期不改正」的「問題食品」，「最高罰三萬元」人民幣，是否罰得太少，罰了後仍不撤離市場又怎麼辦？

中國有食品安全制度，但相對於歐美、日本，甚至香港的食品安全制度，卻無疑是有漏洞的。中國在食品出口和國內供應方面，採取兩套標準是不明智的。商家爲追求利益而做手腳的事，歐洲也有所聞，葡萄酒原料摻假，出售狂牛症牛肉，但他們有一套嚴格的食品安全制度，食物從農莊田地進入家庭冰箱，整個過程有一個部門，即健康與消費者權益保護部監控，負責立法、衛生檢疫和執法。中國卻部門分類太多，效率低下，漏洞百出。日本的食品可追溯系統相當先進，生產程序各環節都有詳細紀錄，消費者用手機上網，能引用射頻識別技術，追蹤食品由生產商到零售商的各流程運作。

當然中國國情特殊，有二千多萬家食品加工企業，其中中小企業佔三分之二，爲企業提供生產原料的農民、小作坊的生產質量難以監管。媒體揭露食品安全問題，完全是理所當然的事，但今天是否眞的到了「今天我們還能吃什麼」的感歎。中國人的健康愈來愈好，壽命愈來愈長卻是事實。根據國家衛生部每年一次全國範圍抽查數據顯示，中國食品總體合格率，三十年前是五十％，逐年提高，如今是九十％，這裡不是有誤區嗎？

在媒體渲染下，蘇丹紅等同砒霜，似乎吃了後便會中毒身亡。專家一再說，要接連吃一千只含蘇丹紅的蛋才會中毒。據世界衛生組織國際癌症研究中心的報告，致癌物分爲三級，一級爲人類致癌物，二級爲可疑人類致癌物，三級爲動物致癌物，蘇丹紅屬於三級，一般人即使食用含蘇丹紅的蛋也遠未達到致癌程度。中國食品安全領域權威陳君石認爲，蘇丹紅是工業染料，原本就不允許在食品中應用的，蘇丹紅事件本質上不是食品安全問題，而是假冒劣問題。這一解釋未免牽強，正是假冒劣而引出食品安全。

首先要明確，食品中不允許加入工業用的蘇丹紅。不過，也還得指出，高溫油炸食品的風險遠高於蘇丹紅。上海市食品藥品監督所副所長李潔的話值得人們思索：目前檢出的食品中，蘇丹紅含量一般僅爲幾毫克／公斤，人體即使攝入，最大的可能攝入量也只有蘇丹紅誘發動物腫瘤劑量的十萬到一百萬分之一，而油炸食品如油炸薯片、薯條、燒烤食品等產生的丙烯酰胺含量，人體最大的可能攝入量是誘發動物致癌劑量的幾千分之一。陳君石的觀點卻有道理：世上沒有零風險食品，坐飛機、坐火車都有風險，消費者能接受，但食品安全方面卻一點風險都不接受，這並不科學。關鍵是要把食品中對人體有害的那些污染物，控制在一個極其微量的可接受水平。當然，人們也應該構築食品安全「防火牆」：不吃半生不熟的食品，不吃稀奇古怪的食物，不吃街頭攤販賣的食品，不吃明令禁止的食物。低價離譜的，不買；色香味過分的，不買；強制搭配的，不買；假冒名牌，不買。

正當國人爲食品安全問題擔憂之際，美國掀起了「中國食品威脅論」波瀾。美國食品和藥品管理局扣留了從中國進口的一百零七種食品，而二〇〇七年四個月內已拒絕中國二百九十八次船運食品入境，中國寵物食品成分污染的新聞，更是美國媒體熱炒的話題。中國的食品安全確實存在問題，但當下美國掀起的「中國食品威脅論」卻又是另一個「問題」。此「問題」與那「問題」不能混淆。美國食品和藥品管理局扣留的非法食品，絕大多數是因爲標籤不合格，眞正影響消費者健康的有毒有害食品非常少。中國是消費品生產和出口大國。中國出口的消費品，至少五成屬於手加工貿易，產品設計、原材料、生產工藝和產品安全檢測，是按設計商、進口商的合同要求落實的。由於設計商和進口商沒能向生產商提供準確的消費品安全訊息，令中國生產企業產品，不符合進口國安全要求的情況時有發生。中國商人應該學聰明了。媒體報導說，山東截獲三百噸重金屬含量超標的美國魷魚，據悉美國進口的「問題食品」也會陸續公布，那美國食品不也在威脅中國人的生命嗎？

# 水至清則無魚

開放辦奧運不只是一個口號。原家喻戶曉的中國女子排球運動員、教練員郎平，八月十五日率領美國女排在首都體育館迎戰中國女排。郎平當然希望擊敗中國隊。日前，在中國被稱爲「棋聖」的聶衛平卻公開譴責郎平，希望郎平「別忘了你是中國人」，「我就搞不懂，爲什麼她就不能爲國效力，非得出國去執教其他球隊，自己人把自己人打贏了，很有意思嗎？」人們常說藝術無國界，體育作爲一種大文化活動，其實也沒有國界。聶衛平的兒子孔令文，不也加入日本國籍並服務於日本棋院嗎？

聶衛平缺少的是大氣，缺少的是理解。「海外兵團」在國際上普遍存在，在中國卻似乎多了一層複雜的背景與情感。昔日國手，今天對手，欲與中國隊爭金奪銀，過去很長一個時期，不少中國人難以接受這樣的事實。時代畢竟在進步，對回家作戰的「海外兵團」冷言冷語的少多了。在今屆中國奧運軍團中，有二十多位外籍教練，他們來自十多個國家，男籃的立陶宛人尤納斯、水上芭蕾的日本人井村雅代、曲棍球的韓國人金昶佰，還有美國人伊格爾、法國人伊麗莎白等。在今屆奧運會上，中國的「海外兵團」隊伍也愈發壯大，代表加拿大出戰的欒菊杰，英國跳水隊總教練陳文，美國體操隊教練喬良，馬來西亞水上芭蕾隊總教練陳萌，還有李矛、李犁等。

奧林匹克的發展，已進入無國界階段，共同參與，才是奧林匹克精神的最佳詮釋。奧運中國是否真誠歡迎「海外兵團」回家，這是一種氣度的顯示。中國人現在缺少的往往是氣度，缺少寬容，缺少理解，缺少妥協。

週前，現居北京的山西作家、學者麥天樞，來香港參與十九屆香港書展，是「名作家系列講座」嘉賓之一。這位電視片《大國崛起》的總策劃人，有一段話值得中國人深思。他說：中國的和平崛起，和平的目標應該是在中國自己內部，面對社會變革的未來目標，學習歷史妥協，建立歷史理性。如果《大國崛起》有所啓蒙的話，是歷史理性的啓蒙，具體就要落實在社會妥協意識的培養上。中國的社會是極端化的社會，在社會矛盾衝突面前，妥協的意識非常差，不論是古代也好，近代以來也好，所有社會的利益、觀念的對立和紛爭，都是以最激烈的對抗解決的，從來沒有以妥協的方式，把重大的歷史衝突和社會衝突消解。這是中華民族最深刻的悲劇。在現代社會建設的過程中，最大社會憂慮，最大的社會恐懼就在此。

每一位現代公民，無可避免要面對經濟全球化、文化多元化、社會現代化、價值觀念差異化。要建立公民社會，將面臨諸多矛盾和希望，現代公民應具備一項不可或缺的精神品質：妥協。所謂妥協，就是在社會互動關係中，爲增進各方利益以及整個社會利益，彼此各自採取不同程度的讓步，這是一種與對抗完全不同的解決矛盾衝突的辦法。

在北京奧運舉辦前後，一系列突發事件接踵上演：八月九日，五名來自美國、德國和加拿大的抗議者，身披象徵西藏獨立的雪山獅子旗躺在天安門廣場抗議，要求停止中共對西藏的迫害行爲；八月七日，三名美國基督徒在天安門廣場，拉起用中英文寫的「耶穌基督是主」的布條，下跪禱告，反對中國暴力迫害宗教權與人權；八月六日，四名美國、英國人權分子爬上國家體育場「鳥巢」附近北辰橋上的燈柱，展示「西藏自由」大幅布條……

針對中國的負面消息、抵制北京奧運的言論從未停止。自七年前，北京獲奧運會舉辦權以來，人們就開始日夜操勞，不曾有絲毫懈怠，中國人就想把奧運會辦成一屆高水平而有特色的精采賽會。不過，熱情的投入、承諾的履行，並未得到一致的好評。中國人在做好事時被澆冷水，心頭的感受不言自明，不少人忿忿不平。世界上的事情是複雜的，但世界的主流是發展，是進步，作爲奧運東道主，需要以寬容、大度之心待客，笑迎天下賓朋，別忘了當初的承諾，遵循奧林匹克宗旨，拋卻政治、民族、文化分歧，將世界大家庭的奧運聚會辦成功。

其實，抗議事件，在世界各地天天上演，沒什麼可大驚小怪的。正如美國亞歷桑那州立大學克朗特新聞傳播學院助理教授吳旭所言：一旦過分關注或過分帶有感情色彩地表達立場，反而會把一件本來微不足道的小事，人爲放大炒熱。如何正確應對這些突發事件，以期獲得最佳的國際國內輿論效果，是對北京智慧和膽略的考驗，北京奧運恰好是積累經驗的好機會。在西方媒體和受眾眼裡，中國刻意追求完美、圓滿時，往往表現出不近人情、不寬容，甚至粗暴，這比示威者展示的「不和諧」所造成的負面影響還要大。

日前，聽吳建民在第十八屆世界翻譯大會上演講，據他介紹，一九五〇年世界上遊客才二千萬人，二〇〇七年已經達九億人，中國大陸從一九四九年至一九七八年的三十年中，有出國經歷的人約二十八萬，平均每年出國者不到一萬，而僅僅二〇〇七年就有四千萬中國人出國，同時有五千六百萬外國人來到中國。他說：「來來往往這麼多人，有一句中國古話是『水至清則無魚』，你一門心思，一根筋走到底，你就沒有朋友了。」

不論中國，還是世界其他國家，奧運被政治化已經成爲現象。如何應對從未慮及的國際反應，奧運是一次全面檢視中國形象的國際考驗。中國要「與國際接軌」，但仍有自己繞不過去的現實窘境，仍有顯而易見的偏見，一個大國崛起的眞正標誌，恰恰體現在面對世界時的一份平常心。

# 三、文化好搞惡

# 從「變臉」到「惡搞」

## 薛寶釵：人家老公都成為外企主管了

林黛玉一頭紫色長髮，秦可卿袒胸露臂，惜春的頭髮卻是時下韓國漫畫中常常能看到的「碎髮」……讀者找不到原著中人物的影子了。這是中國畫報出版社新推出的十二集系列漫畫《紅樓夢》。據說出版社歷時兩年，投資百萬元人民幣，打造了這套漫畫版名著。儘管作者、編者和出版社聲稱是「爲了滿足青少年的閱讀習慣」，「是一種大膽嘗試」，然而，如此操作引發了一場大討論，從大部分論者的言論看，認爲應該尊重傳統文化和歷史背景，不能爲追求時尚而對經典名著胡亂「變臉」。

當下，在中國大陸出版界，「大話風」、「歪說風」、「水煮風」三風盛行，將古典名著一一「整形」、「變臉」，集褻瀆、戲謔、調侃之大成，對古典文學千般欺凌萬般蹂躪，以迎合一部分讀者的口味。「大話風」有：《大話三國》、《大話紅樓夢》等，那幾本《大話西遊》、《悟空傳》、《春光燦爛豬八戒》、《沙僧日記》將唐僧師徒西天取經的故事，用調侃的方式改變再現；「歪說風」有《漫畫歪說西遊記》、《漫畫歪說三國志》、《漫畫歪說水滸傳》，在《漫畫歪說紅樓夢》裡，賈寶玉與薛寶釵下棋，畫面的對白上，薛寶釵說：「人家老公都成爲外企的主管了，你瞧瞧你！」賈寶玉則說：「那人家老婆比你洋氣！」「水煮風」有：《水煮三國》、《麻辣水滸》、《燒烤三國》、《唐僧的馬》、《商道紅樓》、《孫悟空是個好員工》等，名著中的諸葛亮、劉備、唐僧、宋江、孫悟空、林沖、賈寶玉，紛紛以新身分亮相，大講成功之道、經營之法，原著中的形象面目全非。

歷史人物一再被「變臉」戲說，名著從細節到情節，都成爲圖書市場顚覆的對象，與這個時代合拍的內容、元素、符號，則成爲所謂「名著」中的眞正主角。

「變臉」風愈演愈烈之際，「惡搞」風登場而席捲中國大陸文化界。

## 廉吏包青天被「惡搞」而成為「淫棍」

如果說「變臉」、「戲說」還能讓人接受，那愈來愈盛行的「惡搞」，就有點無聊了。

任何人的心目中，包公是中華民族懲惡揚善的廉吏，在上海新近上演的小劇場新古典諷刺話劇中，卻成了垂涎青樓女子美貌的「淫棍」。這部名爲《Q版辣妹打麵缸》的話劇，竭盡搞笑之能事，情節離奇，人物離譜。此劇由現代人劇社推出，改編自傳統小戲《打麵缸》，故事出自《古柏堂傳奇》。Q版的故事融入了時下流行的文化現象。

劇中周臘梅，人稱「辣妹」，因成爲「新編時調大賽」冠軍而跑到縣衙提要求。分管娛樂的王書吏和掌管軍火的四爺，從比賽一開始就瞄上「辣妹」，他倆明爭暗搶。包公先將「辣妹」判予衙役張才爲妻，後反悔，派遣張才去山東公幹，以便自己參與競爭。是晚，垂涎於周臘梅美貌的包公、四爺和王書吏不約而同來到周臘梅家。三人互相躲避，分藏於灶台邊、麵缸裡和牀底下。張才趕回，揪出三人，敲索銀子，三人所有被敲詐的銀子全由包公支付，不過，最後錢財歸了「辣妹」，張才人財兩空。其實，傳統小戲中，從未將縣官設定爲包公，只是稱「大爺」，古往今來的文學作品雖有戲說包公的版本，卻都是突出包青天的正面形象的。但在Q版中，縣衙出身內衣裁縫，花銀子買了個官做，平時脖子上總掛一根皮尺，書案下藏著一台縫紉機，升堂後只會說一句：「無事退庭」，斷案時則要參考王書吏和四爺的意見。全劇以喜劇方式嘲諷了「手機簡訊選秀」，採用誇張的肢體語言，改編了諸多流行歌曲，雖引發不少年輕觀眾笑聲，卻招致中老年觀眾的憤慨。

這是一種「惡搞」。中國大陸的「惡搞」風，是從網路開始掀起的。

## 「惡搞」是繼「PK」後的中國流行詞

「惡搞」是繼「PK」後成了二〇〇六年中國流行詞。網路上流行的「惡搞」，是以文字、圖片、音樂和動畫爲手段，從視訊到文本，從網路到電視，從流行歌曲到熱門節目，從古典名著到英雄人物，都是被「惡搞」的對象，以此表達個人思想的一種方式，完全以顚覆的、滑稽的、莫名其妙的無厘頭表達解構所謂「正常」。惡搞的對象，通常是挪用一個本身已成名的東西來加工，開個玩笑，從而產生另一重意義。用通俗的話說，就是不好好說話，不正常舉止。用學者的話說，是文化虛無主義思潮的一種新表現形式。

「惡搞」源自日本的電視節目，而後台灣、香港盛行。其實，名畫《蒙娜麗莎》、《草地上的午餐》等都被「惡搞」過。香港前保安局長葉劉淑儀的「掃把頭」漫畫，前特首董建華夫婦也成爲被「惡搞」的對象。不過，中國大陸的「惡搞」，與日本、港台都不同，是以網路創作流行的。時下，「惡搞」作品在網路上新作不斷，超越不斷，成了流行的文化時尚。

「惡搞」在一兩年前就有所聞，但形成一股風的起因無疑是網路短片《一個饅頭引發的血案》。二〇〇六年初，一個並不令人感興趣的詞「饅頭」，成了網路上的新流行詞。居於上海的創作人胡戈，看了陳凱歌的電影《無極》，一時興起，將其改編爲網路視訊短片《一個饅頭引發的血案》。該片把《無極》的一些鏡頭分割剪輯，將一家電視台法制新聞節目虛擬爲《法制線上》，再將兩者的鏡頭編輯在一起，講述殺人案件的偵破過程。一個魔幻故事就這麼被放入一樁驚天血案中，整個片子就是「搞笑」之作，人人看了捧腹。胡戈也沒想到，竟然引來網民狂熱追捧，他被歎爲「天才」。一月中旬，以百度搜索「一個饅頭引發的血案」，相關網頁多達九十八萬，而半個月前，還只有一千六百。如何評價這部「惡搞」之作，是否涉嫌侵犯《無極》的版權，饅頭血案如同一枚文化炸彈，網上一度眾聲喧譁，褒貶不一。

## 成龍成了中國足球協會主席

視訊成了網民大秀其才的平台，「惡搞」之風迅速向各個領域擴展，惡搞是人性更大程度的張揚。

「惡搞」短片《中國隊勇奪世界盃》：香港影星成龍成了中國足球協會主席。他率領中國國家隊頂替塞爾維亞隊，進入世界盃決賽圈，接連戰勝阿根廷、德國、日本、巴西，最後捧著大力神獎座。這是網民「貓少爺」製作的，「看了眼淚都會笑出來的」這部短片，上網才十多天，點擊數超過一百萬。

《柔情似水：惡搞布希和布萊爾》、《春光燦爛豬八戒》、《惡搞：移動手機公司打擊聯通公司》、《鐵道游擊隊之青歌賽總動員》、《閃閃的紅星之潘冬子參賽記》、《追求ＭＭ篇》……各種短片「惡搞」紛紛推出。除了短片，還有圖片惡搞：如牽手觀音搞笑版，如葛優、趙本山成了女人，北京奧運會吉祥物福娃成了超級女聲；油畫惡搞：如李宇春、向鼎的超級連體寶貝圖；來電答鈴惡搞：如世界盃上驚世一吼的黃健翔的各種解說版本；假唱惡搞，對口型假唱流行歌曲，配以誇張、搞怪的表情和動作，用網路攝影機拍錄成視訊MV，如《白蛇傳》、《不得不愛》；文字惡搞：模仿名人名作的行文，改編小說、詩詞、電影台詞、節目主持詞，成爲結構相似而表達意思完全不同的作品，如葉聖陶的《多收了三五斗米》……當下，幾乎沒有什麼不能被惡搞的。

「惡搞」愈來愈離譜：雷鋒死因是因爲幫人太多而累死的等二十個原因，黃繼光是摔倒了才堵槍眼的，董存瑞是因爲炸藥包上的雙面膠被黏住了才犧牲的，楊子榮、劉胡蘭、狼牙山五壯士……眾人熟知的英雄一個個被調侃醜化。

繼前一陣紅色經典被惡搞、戲說之後，如今古典名著新拍電視劇也走上「惡搞」路線。新版《聊齋》收視率不俗，不過，劇中一個個原本陰森、恐怖的鬼故事，卻被顛覆而改編成陽光、輕鬆的情與愛。女鬼聶小倩竟成了活潑調皮、精靈古怪的「萬人迷」，原著中狂放的陶望三被演繹爲插科打諢的輕狂混混，新版電視劇《聊齋》選用的是俊男靚女的明星陣容，劇中添加了不少無厘頭搞笑情節，全劇完全成了一部青春偶像劇。

## 《夜宴》「惡搞」視訊短片《真相大揭秘》成熱點

這是一股網路娛樂之風。它反映出中國大陸日益活躍的一種「後現代文化活力」。「惡搞」的作品沒有宏大敘事，混淆古今中外，糅雜南北東西，對以往的成名的作品放肆挪用和改造，不再一本正經，不再高高在上。這是一種娛樂文化。最初的惡搞作品，讓人看的時候過把癮而酣暢淋漓，看完後一笑了之，也不用思考有什麼意味，完全是輕鬆一笑而驚歎如此想像力的娛樂心態。社會上，拒絕沉重成了一種文化形態。

當年的電影《閃閃的紅星》表達的核心價値是人民有反抗壓迫的權利。惡搞的短片《閃閃的紅星之潘冬子參賽記》中，一心想參加紅軍的小英雄潘冬子，整天想做明星；身爲紅軍幹部的父親成了「地產大鱷」潘石屹；母親一心想參加「非常六加一」大賽，夢中情人是中央電視台當紅節目主持，她又以「非常」手段竊取了潘冬子應試題目；影片中的胡漢三成了名叫「老賊」的評委。惡搞《無極》雖引起導演陳凱歌強烈不滿，但網民卻普遍同情惡搞的製作者胡戈，《無極》原本就是離奇荒誕，情節禁不起推敲。《閃閃的紅星之潘冬子參賽記》卻不同了，電影《閃閃的紅星》的製作方八一電影製片廠的譴責聲明，卻得到眾多網友的理解和支持。

導演馮小剛的《夜宴》剛在大陸上演，被惡搞的視訊短片《眞相大揭秘》一時成爲網民熱點。《眞相大揭秘》說的是：陳凱歌和陳紅拍攝了《無極》後，因被觀眾嘲笑而苦惱，決定找一個導演拍更無聊的影片。於是僱用打手去脅迫馮小剛，馮無奈下只好接受。不過，拍什麼呢？正好他和一小孩吃飯，那小孩說就拍吃飯吧，馮覺得「吃飯」太俗，便取名《夜宴》。此影片遭觀眾嘲弄，馮坐在農村的土牆上欲哭無淚。

如果說，最初胡戈的網路視訊短片《一個饅頭引發的血案》還帶有某些後現代文藝批評的話，那《眞相大揭秘》則純粹是譁眾取寵的低級玩笑了。

## 「惡搞」是一種自由，就應有一種責任擔當

「惡搞」之所以流行，正是社會環境日漸寬鬆和自由的結果。「惡搞」不能越界，不能傷害別人，不能侵犯版權，網路語言也需要淨化，道德底線不能突破，法律紅線不能超越。網路應該有自律公約。參與「惡搞」者，享受著自由，就應該具有更強的自我約束能力，有一種責任擔當。「惡搞」要有底線，如果爲

所欲爲，必然會引起強烈反彈，結果就會對自由作出限制。社會容忍的底線一旦突破，事情往往會走向反面，好不容易得來的自由又會遭遇限制。

風靡網路虛擬世界的「惡搞」之風，在一片爭議聲中，終於面臨整頓。最近國家政府部門和機構相繼呼籲停止網路「惡搞」，有消息說，國家廣播電影電視總局正在制定的互聯網視訊新管理條例有望近期出爐，據悉主要是對視訊網站放任自流的違規現象作出「圍剿」，甚至有消息傳出，今後個人要傳播視訊內容，需要領取許可證。

如今「惡搞」面臨著圍剿，政府部門要整頓「惡搞」之風，中國互聯網協會理事長胡啓恆更提出倡議，要把防止網上「惡搞」成風作爲文明辦網、文明上網的重要行動。爲「惡搞」鳴冤，爲「整頓」擔憂。其實，「惡搞」是網民的權利，是網民的情緒需要。擔心圍剿會將嬰兒連同髒水一同倒掉。假如圍剿成爲事實，對提供「惡搞」平台而贏得眾多點擊率的網站，無疑是一種打擊，對於發表「惡搞」作品的個人而言，在國內發表的平台受阻，就會選擇在國外的網站上發表。

網路「惡搞」究竟是雜草還是毒草，網路「惡搞」是否催生新的網際網路經濟模式，「惡搞」該不該自律，封殺「惡搞」對開放的形象有什麼影響？上下都應該三思。

# 今天你曬了沒有

時下，中國網民的熱門話題，可數「石靖事件」了，風風火火地傳播，風風火火地談論。被稱爲所謂「依萊克斯（中國）電器有限公司總經理助理」石靖的十多幅裸照，在網上被人以「性的名義」惡意「現身」。她的私人資料同時披露，徐州人，生於一九七九年，身高、體重、學歷、性格、愛好，何時去上海任職。這些裸照外洩的出處有多個版本，比較「主流」的說法是與公司高級管理層某男性外籍人士有關，由於此人放置在加鎖的網路相簿密碼被人破解，內有一批石靖的照片，其中十多幅爲裸照。由此，石靖在網上關鍵字搜索的排名極速上升，在百度排行榜上進入前三名，搜索熱榜上衝到首位。不出幾天，網上消息說，石靖失蹤了，石靖辭職了。最新又有說法，這原本就是假新聞，署名「石靖」的網上文章說，這些裸照「臉是我的，身段不是我的」。網上的東西確實真假難辨，不過，隱私的外洩，卻成了人們的關注焦點。

近來，不少女讀者發現，自己的裸照、透視照、春光照竟在一些色情網站上出現。沈小姐從網上看到自己幾乎全裸，走在上班的路上，她都不知道自己怎麼會成爲「色狼」的獵物的。徐小姐晚上在家裡換衣服，她都沒開燈，居然從窗外拍攝得她換衣的視訊連接被掛上了網。她倆已經向上海警方報案，這些案子至今未破，諸如此類的網上裸照和視訊的點擊率，卻節節上升。夏天，女人原本就穿得少，穿得薄，街上有人用紅外線透視照相機，快門一按，女子身上的衣服成了「國王的新衣」。

這些偷拍設備，就是高科技紅外線照相機。在大陸淘寶網上，輸入「紅外透鏡」，就有六十三條物品紀錄，輸入「紅外濾鏡」、「紅外鏡」、「紅外線濾鏡」，都能看到帶有「紅外透視和夜拍」功能的照相機、攝影機、手機。

這讓女人提心吊膽，心有餘悸。在中國，偷拍他人隱私的行爲，違反了《治安管理處罰法》相關規定。不過，近來年輕網民卻流行「隱私公開秀」，愈來愈多的人樂在其中，匿名將私密發布到網上，公開自己隱私「曬太陽」，自認爲是個性生活的體現。這些人自稱「曬客」、「曬密族」。曬客，即把自己心愛的物品、生活瑣事、內心活動等，放到網路上與人分享，由人評說。隨著曬客愈來愈多，曬的東西也愈來愈雜，發展至今可說是無所不曬了，曬戀愛，曬婚姻，曬性生活，曬家居，曬照片，曬工作，曬旅遊，曬收入，曬股票，曬新衣，曬寶寶，曬寵物，曬身體隱私，什麼都會拿出來曬。

二〇〇六年十二月，「曬客中國」網問世，而後又有「中國曬客」網推出。「曬客」最新流行的是秘密網（Mimiwang.com.cn）、曬密網（D5mm.com），還有都市秘密網等，網站的口號是：「我要發布我的秘密」、「你有秘密嗎？原來秘密也是可以分享的」、「人活著怎麼會沒有秘密呢？」

在杭州一家外資軟體公司工作的「花貓小魔女」（網名），就是這些曬客網的超級粉絲。她性格內向，常常上這個網，開始只是聽聽別人的秘密，喜歡看別人說一些平時在生活中不方便說的事，繼而聽了別人的訴說，就發個「微笑」或者「感歎」的符號，有共鳴就簡單貼上幾句。她內心也有不少秘密，有一天終於壯膽在網上說了一件始終令自己內疚的事。幾年前，她做了對不起她先生的事。她在網上寫了事情經過，說自己事後每想起這件事，就悔意深深而無法釋懷。她將這一深藏內心的秘密發布在網上，竟然獲得眾多網友的理解和寬慰，她內心舒坦多了，人也輕鬆多了。那以後，她常常將工作和生活中的矛盾、壓力和不愉快的事，拿到網上公開，訴訴苦悶，發發牢騷。這些事不好與家人交流，不能與同事傾談，朋友們又都很忙，誰願意聽她嘮叨，自己憋在心裡，心情煩躁，情緒低落。

「我懷孕才三個月，醫生說不能ML（做愛），有時眞的很想要，我該怎麼辦？」、「我欠了別人十萬元高利貸，該如何妥善解決？」……人都有傾訴慾，渴望被人重視，被人理解。在網上自曬秘密具有隱蔽性，用的都是網名，誰也不知道誰是誰，不用擔心被人「對號入座」，互相陌生往往容易就某個話題開誠布公說眞心話。從某種意義上說，透過發布訊息而展現自己的生活狀況，抒發個人眞實情感，是人性的一種釋放，令當代人溝通需求獲得滿足。當然不能否認，網路社會是眞實社會的一種延伸，曬有先天缺陷，洩露自己私密並非絕對安全，網友的跟貼不乏推測。曬客還要具備心理承擔的準備，不輕信盲從，不無端猜忌，很可能你的秘密一發布，就受到網友惡搞。

曬客一族成了網際網路上的新貴，它與先後興起的博客、播客、威客、粉客、換客等多種網站，形成群客紛起的態勢，人們都可在網上找到適合自己扮演的角色。

你敢於曬自己嗎？你今天曬了沒有？

# 「垂直交通管制員」是什麼工作？

二十一歲的何英華在一家酒店任職，當朋友問她具體做什麼工作時，她說：「我是垂直交通管制員。」那朋友聽了，一臉疑惑。對於這個稱呼，問十個人，肯定十個人都不理解「垂直交通管制員」究竟是幹什麼的。其實，何英華的本質工作只是「電梯小姐」。這是前不久北京《工人日報》的一篇報導說的。

當下，行業稱謂變化不少，「垂直交通管制員」這類令人摸不著頭腦的稱呼，在日常生活中時有所聞，比如，修皮鞋店鋪變成「皮鞋醫院」，店主自稱「院長」；小區屋村的植物栽培「園丁」變成「景觀設計師」；餐廳「廚師」變成「廚藝總監」。如此稱呼確實搞笑。

搞笑的稱謂還有，就說餐廳。重慶的黃先生來到位於解放碑大都會廣場後門的一家風味館用餐，菜單上一道名爲「勾魂媳婦」的菜，引起他的好奇，於是便點了一份想嚐個新鮮。當服務員送上這道菜，他才明白，所謂「勾魂媳婦」只不過是一盤木耳炒青椒而已。一般人無論如何也想不到「勾魂媳婦」與木耳、青椒有什麼關聯。

這類怪異搞笑的菜名，各地都有「創新」。成都的串燒店將兩種串燒取名為「王八蛋」和「姑奶奶」，顧客乾脆就這般招呼營業員：「王八蛋，來一串」，「姑奶奶，來兩串」。在南京，菜名「母子相會」，只是將黃豆與黃豆芽煮在一起而已；在長沙，菜名「紅燈區」，就是通常所說的「辣子雞丁」；在寧波，菜名「小二黑結婚」，只是兩只剝光的滷蛋；在合肥，菜名「朝天撅」，不過是盤子裡整整齊齊地排列著六只雞屁股。

常說中國人不會幽默，中國人愛把生活過成段子，在生活中搞笑，似乎無傷大雅。不過，在政治生活中，有些搞笑篇，卻怎麼也不能接受了。過去的一年，讓傳媒記者忘不了的官員「搞笑」就有好幾則：

——記者向安徽省阜陽市潁泉區一位副區長提問：「區政府機關辦公樓為什麼要造成歐式建築？」那辦公區大樓形似白宮，佔地四十二畝，不算土地成本，大樓的費用高達三千萬元人民幣，而區的一年財政收入才剛剛達到一億元。那副區長回答說：「我們市裡提出要大力弘揚『歐蘇』文化，所謂『歐蘇』文化就是歐陽修、蘇東坡，他們都在阜陽做過官，所以要造個歐式建築。」

——記者前往山東省青島採訪嶗山區東頭村巨額資金賄選，宣傳部人員截住記者，部長給記者上了教育課：「媒體信任宣傳部門，宣傳部門也就會信任媒體，這樣不就是共同構建和諧社會了嗎？不要充英雄打天下老是挖負面新聞。你們剛才問什麼是正面新聞，什麼是負面新聞，問得好，我告訴你們，凡是報導前先來找宣傳部的，就是正面新聞；凡是沒有找宣傳部的，就是負面新聞。」

——山西省運城市絳縣一百零三名農民工索討被拖欠的十三萬元人民幣工資，始終沒有結果。他們向中共運城市委反映，副縣長向農民工寫下書面保證：三天內解決，否則從縣財政支出。但一年過去了，問題依舊。記者就此採訪那位副縣長，副縣長說：「哈，這年頭，寫承諾的事怎麼能當眞？」

中國的一些官員在公眾場合，面對媒體，一語既出，舉座皆驚，如此搞笑，輿論譁然。日前，中國網民評選出全年搞笑新聞榜。「中石油、中石化申請國家補貼」排列第二。人們都知道，僅僅在過去半年，中石油就狂賺八百一十八億人民幣，在行政權力的庇蔭下，坐享壟斷之利，竟然聲稱政策性虧損而大言不慚地申請國家補貼。壟斷巨頭以那種傲慢的做派屢屢漲價，早已招致民怨沸騰，當下還如此大張旗鼓地申請補貼，難怪中國網民稱之爲超級搞笑之舉，令人瞠目結舌。

新年剛剛開始，又傳出饅頭的「國家標準」。從元旦起，由國家標準委員會和國家質檢總局聯合發布的「小麥粉饅頭」國家標準，饅頭的形態完整和美觀都有詳細規定：應是圓形或橢圓形，沒有褶皺、斑點。這引起網民調侃狂轟：「饅頭大的小的都是饅頭，有人喜歡小的，有人喜歡大的，你怎麼約束？」「俺家自己做的饅頭如果違反了國家標準，是不是要判刑？真是搞笑。」「現在閒著沒事幹的官員可眞多，看來還得規定餃子、包子裡的餡要有肥瘦之比，皮要有多厚，外表要打幾個褶……」國家糧食局官員回應網民的批評說，規定「饅頭形狀」的說法「是無稽之談」，不過，他沒有否認開始實施的「饅頭國標」。

這類官員的搞笑言行，都隱藏著深深的民生之痛和民權之傷，讓人笑不起來。但願今後這類搞笑少些再少些。

# 文化差異產生障礙

曾聽一位從美國留學歸國的「海歸」說了這麼一件事。留學時，一個中國餐館的老闆娘去商店給四歲女兒買鞋，女兒在丈夫駕駛的車裡，他們急著要送女兒上托兒所。那母親在鞋店左挑右挑，一看時間不多了，拿著一雙鞋匆匆走出店門，結果警報響了，她匆忙中忘了付幾美元的錢。警報響起後，她才醒悟，竟然沒有付款，她急忙向店員解釋，並請邊上的中國留學生翻譯。但商店卻堅持要起訴她。這位「海歸」幫她去法庭做翻譯。法庭忙忙碌碌，他們花了四五個小時，等來的是不到五分鐘的出庭受審。最後判決是：考慮到這位母親是第一次犯這樣的錯誤，私拿的只是一雙便宜的童鞋，如果半年內不再犯同樣的罪，這次留下的案底就自動消除。

那位「海歸」說，這樣的事如果發生在中國，那母親當場稍作解釋，誠誠懇懇付了錢就沒事了，包括鞋店老闆在內，誰都不願爲這樣的「小事」報警上法院，認爲那樣做是「吃飽了飯沒事幹」。但美國就是美國，店員不報案是失職，經理不報案是失職，一個人有了失職的紀錄，以後再找工作就困難了。「海歸」說：「我最欣賞這樣的美國文明，儘管爲區區小事麻煩，但保護了整個社會利益。如果小事情可通融，那麼大事情也可以變成小事情通融。這是中國人所欠缺的。」

這就是中國人和西方人的文化差異。文化差異往往帶來心理困擾，令雙方的溝通造成障礙，相互理解就不那麼容易了。就說中國的「國粹」京劇，按照英文的翻譯，被稱爲「北京歌劇」（Peking Opera / Beijing Opera）。中國人民大學國劇研究中心主任孫萍認爲，這樣的叫法，中國人怎麼也難以接受的，就如同將中國功夫比作「拳擊」，將雜技比作「中華馬戲」一樣。孫說：「在國內外演出、講學時，面對外國聽眾常常會遇到這樣的煩惱，無論是中國人還是外國人，對此都容易產生誤解，每次碰到這樣的問題，我都要耐心而嚴肅地作解釋。」

離北京奧運還有一百六十天。雖然是「同一個世界，同一個夢想」，但卻有多元的想法。由於奧運，中國的人權領域的諸多問題再度被炒熱。應該說，中國的人權狀況有進步，但問題依然不少。不能否認，人權問題既有普遍性，又存特殊性，中國與西方在追求人權的基本理想目標、價值和內容上存在廣泛共同性，由於受歷史、自然、文化、社會制度等多種因素的影響，中國與西方在對人權的理解和實現方式上存在明顯差異。相對而言，西方文化強調自然人即人的自然屬性、個人性、利己性以及個人與他人的分離性，中國文化則強調社會人即人的社會性、道德性以及個人對他人的依存性。

不能不看到，這兩年的中國，以人爲本的時代精神開始覺醒，以二〇〇七年爲例，從重慶「史上最牛的釘子戶」，到廈門ＰＸ事件、上海磁懸浮事件中以散步伸張權利的公民，只爲「小家」爲「個人」的舉動，顯得那麼寶貴而令人肅然起敬。中國人漸漸意識到，如果權利不建立在個體的具體權利之上，任何奢華遠大的群體權利，都可能因缺少根基而坍塌。中國人開始走近普世價值，中西方的觀念開始磨合。

美國好萊塢大導演史蒂芬史匹柏聲稱辭去北京奧運會的藝術顧問職務，對此，北京當局最初表示「遺憾」，而後又表示，確實給過他邀請信，但沒有按時回覆，因此史蒂芬史匹柏原本就不是「藝術顧問」。史蒂芬史匹柏只是一個體，他有權表明自己的立場，但中國媒體和網路上充斥著「史蒂芬史匹柏對抗中國」、「史蒂芬史匹柏蔑視中國人」、號召「中國人抵制史蒂芬史匹柏的電影」的輿論。其實，如果我們平和地認爲這是理念和文化差異，那麼對史蒂芬史匹柏的這類聲音，就不必有太過激的反應，也不必上升到傷害中國人民感情這樣的高度。

同樣，一對中國浙江新婚夫婦，在法國巴黎拉法葉百貨商場購物，付款時眞歐元被商場誤認爲是假歐元而受辱，在遭受搜身、留置、嘲笑和謾罵後，經大使館交涉討回公道。拉法葉商場已經公開作道歉和賠償，但中國網民依然義憤塡膺、義正詞嚴，聲稱「法國人歧視中國人」、「法國浪漫寬容人道的形象遭到重創」。中國人常常指責西方媒體，愛簡單地把中國某一地某一角落發生的負面事件，上升爲整個中國的問題。其實，中國人不也天天在「生氣」嗎?中國人習慣以簡單的偏見，將外國人對中國人的個別事件，歸類到國家利益的高度。

包括拉法葉商場人士、巴黎警察在內的法國人誤讀了中國和中國人，誤讀其實也正常，中國人也常常誤讀西方人。誤讀有各種原因，文化差異是主因。最近讀了北京國務院新聞辦公室原主任趙啓正的新書《在同一個世界——面對外國人一〇一題》。趙啓正在任上提倡，面向世界說「宣傳中國」不如說「說明中國」。在書中，他透過自己經歷的或聽說的一個個小故事，以「話說體」手法，生動描述了對外交往中存在的文化差異。在北京奧運會和上海世博會日漸來臨之際，建議中國人都讀一讀這本書，少一點文化差異，就能少一點理解障礙。

# 去博物館何時能成爲生活方式

五一國際勞動節來臨，依據《全國年節及紀念日放假辦法》的出爐，五月一日是法定假日，三日星期六是公休日，四日星期天公休日調至二日，於是「五一」放假三天。這是中國大陸法定節假日調整後的第一個「五一節」。日前，共青團中央發布消息說，經國務院法制辦同意，年齡在十四至二十八周歲的青年，可在五月四日青年節休假半天，這樣就有三億多青年在這一天享受半天假期。北京、上海、南京等地部分私營企業已明確表示，五月四日與五一假期相連，又恰逢青年節休假方案公布，乾脆給全體員工放假一天，將五一假期延長。以往「五一」是「黃金週」，放長假一週，今年起縮短了，於是外出旅遊，特別是遠途出國旅遊少了。上週，詢問大陸十多友人，「五一」假期如何過，竟然沒有一人提到逛博物館。

中國的財政正由建設財政向公共財政、民生財政轉變，對文化的投入加大了。博物館界當下正發生一場「革命」，提供「免費大餐」：上海、浙江、廣州、成都等各地一批博物館，先後打起「免費參觀」的大旗。按中共中央宣傳部、國家財政部、文化部和國家文物局四部委聯合發布的通知說，全國五百家博物館、紀念館將在二〇〇八年全部免費對市民開放。三月二十八日，北京三十三家首批免費開放博物館中的二十九家開始免費開放。免費開放首日，參觀人流是冷是熱？這一天，我正在北京採訪「世界傑出華人頒獎」活動，於是上午去了首都博物館。

早上八點多，首都博物館東門地下一層散客領票區有十多個前來領票的觀眾，八點半，博物館開始發票，二十分鐘後領票區開始冷清。在博物館正門的團體領票窗口，十點前僅有一個大陸學生團體和一個日本旅遊團領票入館。翌日，讀報看到，首都博物館免費開放首日，客流量不足一千五百人，不及日最高接待量的一半，其他博物館中，多數客流量也不足日最高接待量的一半，有八家博物館接待觀眾不到一百人，全北京共接待觀眾九千九百九十人。看來，博物館免費開放首日沒有出現「爆棚」現象，依然受冷遇。

博物館是所在國家和城市的醒目名片，是市民的第二課堂。中國古代早就有「博物」這個詞，也有《博物志》的書。經專家考證，「博物館」這名詞以及它所對應的概念，卻是中國近代化過程中的產物，從歐洲傳入中國的歷史並不長。

在常人眼裡，博物館就是文物的館所，其功能無疑是收藏、保護、陳列、展示文物。不過，上海學者錢文忠對此不以爲然，認爲雖有其道理，但有失偏頗，偏在將博物館過分物化。他說，文物的價值不能涵蓋博物館的精神，後人在博物館流連忘返，陶醉於藏品承載和傳達的歷史文化氣息，短暫渺小的個人生命得以沉浸在人類經驗的浩渺海洋，藉此感受超越和永恆，這就是博物館的人文精神。

二〇〇七年初夏，我和家人在法國巴黎，在奧賽博物館巧遇一位北京友人，她是隨北京旅遊團來的。說起法國的博物館，她忿忿說，前一天，她沒有跟團活動，自由行去了羅浮宮，晚上頗有點自我滿足感地回到酒店，在門口恰巧她的同團團友，攜帶著大包小包名牌貨下旅遊客車，他們從「老佛爺」（拉法葉）掃貨而歸。她被他們一陣惡嘲：「不購物，來法國旅遊幹什麼？」「看博物館，能把旅遊團費賺回來？」「自以爲清高，不就是一個小白領嘛。」確實，很多中國人是把逛博物館視爲浪費時間浪費金錢的無聊之舉。

這就是時下中國人的素質。前天，我採訪北京教授胡星斗，談到當下反法浪潮中網民的作用，他卻認爲，中國還沒有眞正意義上的公民，中國的網民幾乎不是臣民就是暴民，一開口就是暴力，看看時下的網民帖子，缺少公民意識。我再三問，能說絕大多數？他笑笑說，十個見不到一個，還不能說「幾乎」？中國人的素質差，與沒有進博物館的習慣，不能說沒有道理。缺乏對歷史、對文物的敬畏心，中國人有多少底氣說自己的國家已經崛起？能以國際大視野與西方人對話？

說到素質，不能不說博物館入場者的素質。博物館是否應該免票，在二〇〇八年三月的全國人大和政協會議上，曾引發爭論。免費開放，即考驗博物館的素養，也考驗參觀者的素養。免費開放，不可避免出現小孩在上海美術館的齊白石立軸前小便的事。每天早上，幾個老年人在上海博物館前廣場鍛鍊身體後，走進博物館，在洗手間洗臉、擦身，弄一地水，臨走還要捲走一團衛生紙，灌滿一瓶純淨水。這樣的事一時無法避免，就如北京軍事博物館負責人所說，作爲公益性開放型博物館，沒有權利挑選觀眾。公共文化服務理念的缺失，才是免費開放最大障礙。免費開放是對公共文化管理者管理智慧的考驗。

據悉，上海博物館免費前，人均逗留時間超過二小時；免費後，卻減少到一小時，個別人入館轉一圈拔腿就離開。有人擔心，免費開放令博物館成爲大眾「冬天去取暖夏天去納涼」的場所。其實，這一切也沒什麼不妥，文化意識往往就是在潛移默化中積蓄的。博物館不是菁英人士的後花園，而是平民百姓自己的客廳。林語堂說，只有知道一個人怎樣利用閒暇時光，才會眞正了解這個人的個性。知道中國人放假愛去哪兒，才能眞正了解中國人。逛博物館，何時才能成爲中國人的一種生活方式？

# 博物館的尷尬

「十・一」國慶前一天，結束韓國採訪。離開首爾，回到香港，大陸國慶黃金週開始了。在離韓國國慶日「十・三」還有一週（順便一提，很多人至今仍誤以爲韓國國慶是七・一七或八・一五，前者是制憲節，後者是光復節），首爾大街小巷滿眼是「太極旗」，讓外人心裡有一種莫名的震撼。踏上香港的土地，從機場一路回家，幾乎看不到五星紅旗。不說香港，就說大陸，如今的國慶黃金週，人們往往以黃金週的方式遺忘國慶。在假日經濟衝擊下，人們國慶不知何處去，唯有景點沐春風，國慶的意義被有意無意地淡忘了，只有「如何放鬆玩幾天」的亢奮和「哪裡會不會擁擠」的焦慮。

在韓國全羅南道採訪，木浦政府安排參觀位於西南海與榮山江交匯海岸上的國立海洋遺物展示館。這座博物館是探尋韓國民族的海洋歷史與文化的紀念館，其實充其量，博物館裡最珍貴的只是上世紀七〇年代打撈起一艘一三二三年沉沒在韓國新安海底的古船，這艘新安船是航行於中國和日本的中國貿易船。

一九九四年，爲此建立了韓國唯一的海洋遺物博物館。

這樣的藏品，在中國或許不稀罕，但在韓國竟然像模像樣地建了宏偉的博物館。館長金聖範說，國慶和中秋節快到了，假日參觀博物館的人數增加十幾倍，韓國人休閒的主要去處之一就是看博物館，「這是自己國家的歷史，是自己民族的文化」。海洋遺物展示館剛作了整修，展品也作了調整，下午要舉行新館開放的典禮。展示館門外，三百多個穿著校服的學生正排著隊，魚貫而入。

全羅南道觀光振興課長文仁洙說：「博物館是一個國家的文化符號，一個民族的文化符號。國慶參觀博物館是韓國國民休假的一大去處。」

館長和課長都表達了同樣的意思。

在中國大陸，當又一個「十．一」黃金週過去了。旅行社、景區景點、酒店飯館、商場、遊戲廳都在笑逐顏開清點著鉢鉢「黃金」時，博物館卻依舊處於尷尬境地，全大陸二千二百個博物館中，至少有一半門可羅雀。這一數字與往年相比已經有了進步。北京國家博物館的客流量顯示，今次黃金週期間，每天參觀人數超過萬人，比平時多一倍，超出五個月前的「五．一」黃金週的高峰數字，一家大小同來的家庭遊客佔四成，故宮一天接待七萬人次，超過了最大接待量，十月一日那天，達到核定最大接待量的二三八%。中華世紀壇藝術館舉行「偉大的世界文明」展覽，內容涵蓋古埃及、美索不達米亞、古希臘、古羅馬、印度和美洲等六大古代文明的代表文物，雖三十元人民幣門票，黃金週日均接待遊客二千三百人，遠超過平時週末的日均一千多人次水平。然而，故宮附近的北京皇城藝術館、北京規劃展覽館等，日接待量僅僅百人。博物館供需失衡、冷熱不均現象十分明顯。

其實，非黃金週的尋常日子，博物館參觀人數冷熱不均早已是普遍現象。以上海爲例，上海的博物館、紀念館已逾百家，二〇〇五年參觀人次達一千萬。但一批行業博物館、紀念館、名人故居，平日大門緊閉，偶爾才有參觀者，處於半歇業狀態。上海音樂學院裡有個東方樂器博物館，收藏二十九個國家的二百多種樂器，卻鮮有參觀者。上海民族樂器博物館位於閔行區上海民族樂器一廠內，陳列場地二百多平方米，開館二十年來才接待了一萬人次。

西語中，博物館一詞，原義是人類知識與文化的「記憶殿堂」。博物館承載著太多的文化內涵，是一個國家、一個地區、一座城市向世界開放的重要窗口。歐洲從十九世紀就進入「博物館時代」，美國在第二次世界大戰後緊跟其後。當下的中國，按一個旅遊者出行一次遊覽五個景區景點計算，中國統計年鑒的數字表明，參觀博物館的人數約佔旅遊市場總人數的五十分之一。民眾對公益文化事業認識度還不高，北京一批博物館平日量每天不足十人次，很多人寧願花十元人民幣吃一只漢堡，也不願意進博物館。

這些年，黃金週的火爆大多集中在自然山水上，雖一些自然類、科技類的博物館在黃金週裡佔到一定的市場份額，但一些具有品牌的博物館反應並不強烈。這與國人的文化質素有關，也與博物館的服務有關，前者有一個過程，後者卻是不能不重視的。

剛剛讀了文化部長孫家正的新書《文化境界》，孫說，「博物館是大眾的終身學校和精神家園，它珍藏歷史，啓迪未來」。確實，博物館是普及教育、啓迪民智的知識體系中的重要一環。按國際慣例，博物館是非營利機構，蒐集、研究、保管，定期向公眾展示藏品是它的功能。從本質上說，休閒是一種文化現象，隨著中國人文化生活逐步走向成熟，文化含量逐步提高，博物館必將成爲愈來愈多人休閒的優先選項，當人的文化質素提高，人的品味提高，博物館必定愈來愈熱。

今天中國的博物館服務依然存在嚴重問題，國外博物館能把二流藏品形成一流展示，中國的博物館是一流藏品三流展示。文化性觀光產品是中國旅遊業在世界上最具有吸引力的產品，中國有一批一流博物館，是這種吸引力的集中體現，但中國博物館發展現狀與歷史文化資源不匹配。中國的博物館往往是高高在上而板著臉的「教官」，這與博物館本身的現代化經營理念不足和創新不足有關。聽曾在上海博物館教育處的張莉說過，歐美的博物館都設立專門的教育部門，配備專業人員負責組織公眾講座、展覽宣傳、講解員培訓等。華盛頓國立美術館的教育部門每週六下午舉辦一個講座，對外開放，青年學生假期還能駐館實習，其功能不亞於一所大學。

上海自然博物館於一九六〇年開館，曾經頗受歡迎，如今門可羅雀，該館陳列內容和陳列形式十分陳舊，觀念落後，缺乏新的學術整理，欠缺積極的公眾服務意識。上海有近五十家行業博物館，由於缺乏宣傳，許多市民對其都是「久聞芳名難謀面」。上海銀行博物館、上海期貨博物館等身居幾十層高的辦公樓宇內，參觀團隊在大樓裡團團轉都找不到。不少博物館更是週六週日不開放，有的只限團體參觀。這些行業博物館爲什麼如此不「親民」？一位記者從網上進入「上海行業博物館」網址，看到有海軍上海博物館、上海公安博物館、上海監獄博物館、上海醫史博物館、上海印刷博物館等八家行業博物館的連結，根據網頁上提供的電話，一一撥打，結果兩家博物館提供的電話是空號，四家博物館電話沒有人接聽，一家明確表明不對外個別接待，一家告知：週日休息，每天對外開放，無需團體預約。

有數據表明，到二〇〇八年北京奧運會那年會建成一百三十座博物館，高居世界各國首都博物館擁有量第二位，如果博物館不儘快改變經營理念，屆時門可羅雀的一百三十座博物館就成爲中國人的一種尷尬了。

# 有一種心情叫讀書

在前不久舉行的第十二屆全國青年歌手大獎賽上，文化名人余秋雨負責對參賽歌手的文化知識點評。比賽臨近結束時，余秋雨發出這樣的感慨：「十五位選手歌唱得很好，但文化知識考評大部分爲零分。這使我有點納悶，是不是考題太難呢？我問了命題組，回答是，這些題目沒有超出中學文化知識考核的範圍。我在想，作爲一個中國人，一些基礎知識還是必須掌握的，像對屈原、曹操、聶耳，不應該不知道。」今天的年輕人不知道屈原、曹操，正是不讀書的惡果。

在剛過去一個月的第十一個「世界圖書與版權日」（四月二十三日，中文又稱世界閱讀日、世界讀書日）之際，中國出版科學研究所披露了「全國國民閱讀與購買傾向抽樣調查」結果，顯示國民中有讀書習慣的，只佔全體人口的五％，讀書習慣離人們漸行漸遠了；與前幾次調查結果相比較，讀者認同「讀書愈來愈重要」的比率，降低到一九九九年首次調查以來的最低點；在圖書閱讀者中，每人每年平均閱讀圖書四．五本；與前幾次調查相比，讀書率呈下降趨勢，一九九九年閱讀率爲六十．四％，二〇〇一年爲五十四．二％，二〇〇三年爲五十一．七％，二〇〇五年爲四十八．七％，首次低於五十％，國民圖書閱讀率已連續六年下降；在讀書者總體中，有二十五％的人讀書時間減少了。

四月二十三日正値週日，在上海書城參加一個「讀書日」活動。書城人頭攢動，摩肩擦踵。巧遇五十多歲的岑菊芬，她是筆者一起在安徽務農的「知青」同學。已經退休的她是從媒體上知道今天是閱讀日的。她說，讀書是一種遺失了的美好回憶。三十六七年前，在山溝裡讀到一本好書多不容易。睡在草棚裡，點著煤油燈讀書，有時煤油用完了，還奢侈地打著手電筒，也要讀到盡興。附近一帶的「知青」組成讀書小組，休息天要聚集一起，翻山越嶺三四小時，參加讀書小組讀書活動。那段艱苦的讀書歲月，在岑菊芬看來，卻是一種快樂的閱讀，是一生中珍貴的一段回憶。她每天家務事不多，除了早上運動，就是讀書、看電視，參加了一個環保非政府組織NGO做義工，活得有滋有味。那天在書城，她買了七八本書，書類很雜。

像岑菊芬那樣視讀書爲一種生活，讀書是一種快樂的，當今已經不多見。浮躁、張揚、焦慮、憂鬱，從上到下，從東到西，從學界到商圈，從官府到民間，人文價値、人生價値自我迷失，能不導致「閱讀危機」的出現嗎？中國出版科學研究所的國民閱讀調查顯示，識字而每年不讀一本書的受訪者在回答其原因時，選擇「沒時間讀書」的佔四十三．七%。廣州大洋網的一項調查也得到印證，六十一%的受訪者讀書「沒有時間」，受訪者每天花在讀書的時間，不到上網和看電視時間一半的佔七十七%，僅有六%的受訪者花在看書上的時間超過上網和看電視的時間。旅遊、健身、影視、網路遊戲、舞台演出可謂異軍突起，休閒的多樣化，確實排擠了讀書時間。

來自上海「市民信箱」的一項調查顯示，八十三%的民眾不讀書的原因，抱怨書價太高。一位留學美國的「海歸」說，美國的平裝書一般是九到十美元，是中國大陸同類圖書的三倍，而美國的人均收入卻是中國人的十倍，看來中國大陸的書價是偏高的。不過，還是要問，現在的電影票，一張動輒要五六十元人民幣，奢侈品、化妝品、保健品的消費能力不低，即使書價不合理，怎麼花二三十元買一本書就不捨得呢？

當然，一味指責今天國人不讀書，也不是問題的全部。北京中央電視台有個《百家講壇》節目，這檔並不被看好的講座式節目，是在深夜「睡眠時間」播出的，由於集中了名師，講的是觀眾感興趣的話題，形式不拘一格，強調雅俗共賞，重視傳播互動，終於辦成一所人們趨之若鶩的開放「大學」。

北京作家劉心武在《百家講壇》作「揭秘《紅樓夢》」系列講座，觀眾反應熱烈，引發了一場關於「紅學」的論戰，除了紅學家們，觀眾和網民也紛紛加入。北京共和聯動圖書有限公司二〇〇五年策劃的《劉心武揭秘〈紅樓夢〉》、《劉心武揭秘〈紅樓夢〉二》竟然一路高歌，前後發行近六十萬冊，雄登全國各地主流書店暢銷書榜。

福建廈門大學教授易中天主講的「漢代風雲人物」也是中央電視台《百家講壇》的一檔超人氣節目。「韓信是待業青年。」「諾，相當於現在說的OK。」「你小子混蛋，我和你哥是哥們兒，你居然在皇帝面前說我壞話。」……講者風趣幽默，聽者酣暢淋漓。

這樣的歷史課頗獲觀眾熱評。易中天用通俗語言翻譯正史，用說書般的手法，表述西漢前期那段風雲變幻的歷史。眾多觀眾對閱讀歷史重新產生興趣。當今中國，有「超級女聲」的「玉米」、「涼粉」的追星族，易中天的鐵桿追捧者叫「易粉」、「乙醚」，其狂熱程度不輸給「超級女聲」的追隨者。

在北京與易中天用餐，易中天說：「過去很多歷史書，如《史記》、《後漢書》，對普通讀者而言艱澀難懂，史學家們又遠離他們。應該有一些學者向大眾負責。這種負責不是用『普及』能概括的，因爲普及只需把理論變得通俗易懂，而品讀比普及重要得多，品讀需要去閱讀、去品味，對歷史人物和事件背後的人性解讀，尋找能給現代人啓迪的東西。」

北京「共和聯動」又推出《易中天品讀漢代風雲人物》一書，首版就印了十五萬冊，上市三個月內始終盤踞書店暢銷書榜。在《百家講壇》，紀連海揭秘和珅，毛佩琦揭秘明十七帝疑案，馬瑞芳揭秘《聊齋誌異》，馬駿揭秘二戰風雲人物，葛劍雄正說地域文化史等系列講座，也都引人入勝，成爲響噹噹的文化大餐。「共和聯動」佔得先機，成功策劃出版《馬瑞芳揭秘〈聊齋誌異〉》和毛佩琦、葛劍雄等書。

一次，在北京見「共和聯動」公司董事長張小波，他說：「《劉心武揭秘〈紅樓夢〉》風行書市的現象，讓我們公司意識到，一股關注傳統文化的熱潮正在興起，要引導讀者回歸經典，除了現有的經典名著外，還需要一種新的形式。劉心武、易中天們不約而同都打破古典文化爲少數人研究的專利，把讀者了解歷史的門檻放低，創造條件使大眾參與，讓歷史成爲大眾的歷史。大眾媒體與圖書聯動，會讓讀者更容易介入。這是有品味的書，又與大眾讀者沒有距離，這樣的文化餐肯定有市場。」

五月二十二日，《易中天品三國》（第一部）出版招標會在北京舉行。以無標底招標的形式，面向中國各地出版社公開招標，這在中國大陸圖書出版界尚屬首次。上海文藝出版社以版稅十四%，首印數五十五萬冊，三年保底銷量二十萬冊的競標數值得標，獲得《易中天品三國》（第一部）的出版權。這一數字顯示，出版社對讀者購買頗具信心。

讓百姓感覺讀書不是遙遠的事，是全民閱讀的前提。從《百家講壇》到圖書熱銷，可以看出：書，還是有人要讀的。

幾個月前，廣西山區的周小玲有個願望，她爲了買一本書，每天省下吃饅頭的錢，餓著肚子上學，最終因家人生病還未實現有一本書的夢想。消息在上海《新民晚報》披露後，三天內收到捐書一．二萬冊，可幫助愛讀書的周小玲節省下一百萬只饅頭錢。希望書庫委員會上海辦事處表示，已將捐書送往山區，周小玲們讀一本書的夢圓了。

這世界竟然還有以讀一本書爲夢想的孩子，不能不讓人感慨。

# 這文字，你看得懂嗎？

你知道什麼是「經濟適用墓」嗎？百姓買不起住房，於是陽宅有限價房、經濟適用房，爲了解決百姓「葬不起」，於是陰宅要推出「經濟適用墓」，這是長期從事殯葬政策研究的廣東省社科聯副主席范英最近提出的。

你知道什麼是「秩序維護員」嗎？中國物業管理協會日前下發文件，要求將從事物業管理區域內秩序維護和協助安全防範的人員，不再使用「保安員」稱謂，而使用「秩序維護員」。

你知道什麼是「儲備幹部」嗎？不久前廣州一家高校舉行的招聘會上，一些企業的職位名稱花樣繁多，讓人如墜雲霧，如「儲備幹部」，大學畢業生要猜謎，那是不是「管倉庫」的？

眞是讓人哭笑不得的用詞。在中國，中國人竟然看不懂中文了。北京奧運在即，上海世博會愈來愈近，神州各地都要「與世界接軌」，於是，雙語標註現象日益增多。在中國，美國人、英國人同樣看不懂英文。在大街小巷，小到菜單、商品名、路名，大到招牌、標語，連政府和企業的對外宣傳資料，時有英語錯漏百出，令外國遊客摸不者頭腦。乾豆腐、乾麵，把「乾」（北京是簡體字「干」，亦爲「幹」之簡體）翻譯成不雅的「fuck」；把免洗杯、免洗碗等「一次性用品」，翻譯成「a time sex thing」（一次性交行爲的東西），竟然錯得離譜。一次在北京看美猴王的戲，舞台兩邊打出英語字幕，將「祥雲滿天」的「雲彩」（clouds）寫成「土塊」（clods），引得在場的老外一陣爆笑。

上海政府部門出版的對外宣傳資料上，拼寫錯、語法錯，可謂比比皆是，「124icnal」是什麼?「it city functions」作何解釋?·branch（分行），變成brunch（早午餐），inbound（內地的）變成inboard（船上的），「來華國外遊客」經英譯變爲「船上的國外遊客」。在上海城隍廟一家旅遊定點飯店，將「螃蟹」錯譯成crad（應爲crab）印在菜單上。浦東一家著名園林式酒店，中譯英的「硬傷」隨處可見，將「中心」譯爲centen（應爲center），將「兒童」譯爲chindren（應爲children），將「門」譯爲cate（應爲gate）。如此錯譯亂譯，令人貽笑大方。

在北京，外國遊客最新熱門景點南鑼鼓巷，提醒遊人「小心地滑」的標示，英語翻譯卻變成「要小心的滑一跤」或「不能摔倒」。在西單一家銀行「自動提款機」，變成「幫助人終結自我」的機器。北京肛腸醫院的英文名原先是「Anus Hospital」，「肛腸」的英語直接翻譯成「肛門（anus）」，後在一位外籍英語教師的指點下，才將「肛門」改為「直腸病學」（proctology）。

這位外籍英語教師就是六十六歲的美國人杜大衛，北京第二外國語學院教授，在北京生活了七年。他曾協助審定北京地方標準「公共場所雙語標識英文譯法通則」，曾參與修訂「北京市飯店業菜單英文譯法」，還義務為北京九十家博物館和名勝古蹟糾正英文解說中的錯誤。他曾榮獲「北京十大志願者」證書。每到休息天，他就在大街小巷轉悠，給英語標識挑錯，經他改錯的A4打印紙就有近萬張，被譽為「糾錯大使」。

他說：很多招牌上的英語標識很奇怪，中國人似懂非懂，外國人完全不懂。奧運來了，應該趕快改正。菜單上的問題最多，「上湯」翻譯成「上面的湯」，「酸辣粉」翻譯成「酸辣擦臉油」，「三絲湯意粉」翻譯成「三碗蠶絲湯和想法的粉末」，更有將「夫妻肺片」譯成「夫妻肺臟的切片」，「刺身拼盤」譯作「刺穿身體的盤子」，「香菇炒牛肋條」譯為「細菌和牛仔的骨頭」。

中文菜單的英語翻譯確實不容易，既要有中國特色，又不能過於歐化，還必須讓外國人一看就明白。有道菜叫「洞庭日出」，頗有詩意，說白了就是湯上面漂著一個蛋，有人認爲乾脆直譯爲「雞蛋湯」，這就破壞了中國菜名的詩意，其實不妨在「洞庭日出」菜名後，以括號說明此菜的主料輔料就行。

日前，在北京參加有關北京奧運的一個新聞發布活動。經過長達一年的「烹製」，爲解決外國奧運觀眾點菜難題的《中文菜單英文譯法》「出爐」。大部分菜名以主料、烹飪法、形狀或口感、人名或地名等爲主翻譯。具中國餐飲特色的傳統食品，以漢語拼音命名，如「餃子」：Jiaozi；「包子」：Baozi；「饅頭」：Mantou。中國特色且被外國人接受的菜名，使用地方語言拼寫或音譯拼寫，如「豆腐」：To-fu；中文菜名難以體現其做法及主配料的，使用漢語拼音，在其後標註英文註釋，如「佛跳牆」：Fotiaoqiang（Steamed Abalone with Shark Fin and Fish Maw）；「鍋貼」：Guotie（Pan-fried Dumpling）。

不知道這樣的菜單能讓外國人看得懂嗎？中國大陸各地的菜單都能按這一標準命名嗎？

# 你「兔子三狡」啊？

在咖啡館讀《認得幾個字》，這是台灣作家張大春的一部新著。他從一個「字」說起，從「字」講故事，從「字」講道理，有趣。在我鄰座的同事正在用他的手提電腦，突然問了我一個很「突然」的問題：你能講得出「我」字有多少同義詞嗎？我大約講了十多個「我」的同義詞。他一笑，看著電腦上的網頁讀著：俺、俺們、人家、我等、本人、鄙人、敝人、不肖、不才、老子、某人、僕、乃公、我們、我輩、我曹、吾、吾們、吾等、吾輩、吾儕、吾曹、小生、小人、小子、小可、小的、余、予、在下、灑家、咱、朕、寡人、孤、奴才……他讀出一大串。他接著說，有一項統計說，現在的青年人能說出「我」的同義詞還不到四個。由於社會大環境的影響，年輕人漢語能力弱化，已經是不爭的事實。

前不久，廣東佛山市舉辦「新時期佛山人精神」大討論的書信節，書信比賽由全市中小學生參加，以「親愛的××，我想對你說」爲題。學生的書信中，令人啼笑皆非的語句時有所見。「媽媽生病了，像狗一樣叫，看得我很心疼」，

「媽媽像無殼烏龜，被任性的我扎得遍體鱗傷」……高年級學生根本不懂如何用比喻，比喻不恰當的例子時常出現。有個初中生寫信感謝父親時說：「爸爸，你的後半生，我將奉陪到底」。另一位中學生則將對母親的愛表達成「媽媽，我愛你，愛著你，就像老鼠愛大米」……

這表明，學生們缺乏應有的語文修養，不知道把人比作烏龜是很不禮貌的，不理解在這樣的語境中，將人比作狗有侮辱的意味。他們被形形色色的流行歌曲和網路語言所包圍，能在行文中用到時，會覺得是很時興的創意，卻不清楚「奉陪到底」有敵視的意味，不理解「老鼠愛大米」歌曲中的愛，與對父母的愛並不一樣，用在給母親的信中不恰當。

當下又何止中學生，就是白領階層的漢語能力也同樣弱化，時常錯用亂用成語。在一次多位白領的聚會上，就聽到這樣的話：「你兔子三狡啊，那麼多年都聯繫不上你。」竟然把狡兔三窟說成「兔子三狡」，還有「衝當其首」（首當其衝）、「夫妻本是同根生」、「油然起敬」等等。這都是白領們常常用錯的成語。有的白領不了解成語的意思，錯用而引起笑話，將「設身處地」理解成「身臨其境」，將「差強人意」理解成「不能令人滿意」，將「七月流火」理解爲「天氣很熱」。

中文弱化還體現在書寫上。那天，和一幫台商聊天，一位六十多歲的台商說，爲什麼大陸年輕人寫的字都那麼難看，寫字是「畫」字，也不再按筆畫順序，「畫」出來是個樣子就是了。現在的語文老師不再教學生寫字了嗎？其實，今天年輕的老師寫得一手好字的也不多，更寫不出好看的板書了。當代人似乎很少寫字了，能用電腦打字就行，很多年輕人會用拼音、五筆、倉頡輸入法，卻說不出字的筆畫順序。

一個人的字體能代表其性格氣質內涵和修養。字是一個人的「第二張臉」，寫一手漂亮的字，至少是有學識的體現。可如今，電腦已經把「第二張臉」毀得差不多了。就連從事文字工作的，如今用手和筆寫字也鳳毛麟角了。寫的字漂不漂亮是一個問題，更嚴重的是許多人連一些字都不會寫了。一次問辦公室的十個記者編輯同行，噴嚏的「嚏」怎麼寫，竟然沒有一個人能準確書寫，誰都認識這個字，就是自己寫不了。在電腦上打字，無論哪種輸入法，都不用記住「嚏」字的右邊怎麼寫，敲打鍵盤，字就出來了。隨著電腦的普及和網路的運用，年輕人只是把認字、寫字，作爲電腦化的一種過渡而已，人們的寫字能力普遍退化了，字愈寫愈少，但字寫得好的，肯定在觀察力、記憶力、審美觀方面高人一籌。

寫好中文，說好中文，呼籲中國人學好中文，似乎不是多此一舉吧。時下，社會上「重英文，輕中文」的現象相當普遍。西南政法大學的「雙選會」上，很多英語過了四級、六級，甚至專業八級的畢業生，卻因漢語表達能力不強而被招聘單位拒之門外。在「雙選會」現場，一家地產公司向應聘年輕人發放了三百張申請表，表上有五個問題需應聘者寫短文回答。從回收的應聘表看，求職者大多不能熟練運用漢語言文字。地產公司馮先生惋惜地說，不少求職者的英語都過了六級，但只能忍痛割愛。

記得，北京《人民日報》曾有報導說，一家外資企業需要聘請一名漢語表達能力較強的英語專業學生，在重慶幾所高校幾乎找遍了，卻沒能找到合適人選。這家公司的公關發言人稱，他們接觸了二十多位大學畢業生，有的英語達到八級，但幾乎所有的應聘者在中文寫作能力測試中，連一份簡單的工作計劃文書都語句不通、文字拖沓。這位發言人說，公司缺少的是既會英語而又能熟練運用中文寫作的人才，如果連母語都不善表達，又怎麼能準確用英語與客戶溝通？

如今，「瘋狂英語」席捲中國。據統計，中國超過三．五億人在學習英語，這數字幾乎相當於全世界所有以英語爲母語的人口，只是中國人的整體英語水平依然不高，絕大部分人學英語幾年還是不能說不能寫，主要是沒有實際需要，缺少條件使用英語。如果換一種角度思考，既然掌握英語需要條件而使用英語在中國又有限，如此耗費巨大人力財力去「瘋狂」，是否異常呢？難怪有人認爲，滿街的英語公共標識一再被批評錯誤百出，而京城計程車司機學了兩年「奧運英語」，依然中國人聽不懂，洋人也聽不懂。如此，還不如推廣「奧運漢語」，來個奧運中文多少句，在中國土地上向來京城的外國朋友推廣中文，這是中國的機會。此言是否有理呢？

# 誤讀抑或正讀

聽上海友人說了這麼一件事。目前在上海工作、居住的外國人有六萬多人，還有難以計數的外國遊客，他們大都知道，一旦遇上什麼麻煩事，便會打一一〇報警求助電話。說外語的電話，都是三方同時通話，報警的外國人、翻譯志工、接警室警員。一天下午，一一〇接警翻譯的一位女志工接到電話，是住在一個小區的外國人報警。他說，從窗口望出去，樓下有個男人在打女人，有幾個圍觀者，竟然誰都不去勸架。他覺得不可思議，於是就打來電話報警。那位女志工心想，那多半是夫妻吵架，但還是如實翻譯了。接警室警員問明地點，快速出警。過了十分鐘，這名外國人又來電話，翻譯女志工問他，還有什麼事嗎？那外國人說，沒事了，是來謝謝你們的，你們出警很快，事情解決了。

女志工說，別以爲那外國人是多管閒事，國情不同，習慣不同，文明程度不同，中國人習以爲常而見怪不怪的事，外國人會覺得不理解，覺得奇怪，於是報警。事情解決後，他們往往會再打電話來致謝，這是他們的禮貌。在中國人看來，這種禮貌是多餘的，沒必要再花電話費了，外國人卻習慣這麼做。這就是東西方文化的差異。

正是這種差異，中國人常常誤讀外國，外國人也常常誤讀中國。據北京一些駐外記者說，常常有外國人問他們：「中國人是否愛吃貓肉、老虎肉？」「男女結婚生孩子是否都必須得到政府官員的批准？」「中國最流行的一道菜是不是宮保雞丁？」「你們中國共產黨不是要求十三億人想法都要一致的嗎？」「中國最大的城市是不是東莞？」……

誤讀源於不了解，隔閡產生誤讀。其實中國人也常常誤讀世界。中國人都從表面認識鄰國印度，又窮又髒又亂，它對人口不加節制，五年後要超過中國乃至人口爆炸，印度的人口確實僅次於中國，但它卻是世界上人口結構最年輕而又充滿活力的國家，這個軟體大國、藥品製造大國、生物大國、世界的辦公室，正是它的人口結構，能確保印度在二十年後擁有充足的人力資源而發展經濟；非洲國家實在太窮了，這是中國人的普遍認識，中國人不知道非洲至少有十七個國家人均收入超過一千美元；發達國家的年輕人都會買房，又錯了，他們更熱衷租房，以美國為例，至少一半美國人是在結婚五年、工作十年後才買房……

中國人常說要「放眼世界」，誤讀世界就無法融入世界，唯有正讀世界才能加快中國的國際化進程。

當下，逾五十年一遇的特大暴雪，令重災區湖南、安徽、貴州、江西、廣西、湖北的災情持續，更朝著華東地區江蘇、浙江、上海蔓延，廣東和寧夏也陷入災情。危機的爆發往往是在人們最缺少準備的薄弱環節造成嚴峻局面。一場北緯三十度上下的南方罕見暴雪，偏偏在一年中運輸最忙亂的「春運」期間降臨，把中國這個龐大的經濟體的脆弱環節徹底暴露了，猝不及防的非常雪災，將中國的諸多非常狀態暴露在光天化日之下：不敏銳的國家應急機制，鐵路公路運輸的壟斷，疏漏百出的煤電體制，畸形的春運現象，久久沒有推動的城鄉戶籍體制改革……即使國務院成立了救災中心，但誰是具體負責人，救災方案和步驟如何，人心如何安撫，經濟如何應對，外界統統不得而知，方方面面亂成一鍋粥，應急成了添亂。哈爾濱的朋友在電話中說，真不理解你們南方，下幾天大雪就沒電供應，鐵路、公路癱瘓，物價飛漲，還說什麼備戰？別說我們東北，那人家北美、北歐、俄羅斯每年冬天都不要過日子了啦？

話說得刺耳，卻也中聽。雪災在西方國家很常見，讀讀他們如何應對，也能反思自己。二○○五年十二月，一場特大暴風雪襲擊美國，早在十二月三日，氣象部門就發出「災難性天氣」警告。幾乎所有主流報紙、電視、廣播都提醒市民，「今晚大雪將下十五釐米」，「注意保暖，特別是幫助老人和學生做足防寒準備」。儘管雪災造成十五萬戶停電，但人們早就做好準備，家中儲藏了防寒備災物資，生活沒有太大影響。

在美國，暴風雪來臨前，紐約政府取消環衛工人假期，堅守崗位應對風雪，甘迺迪國際機場增添掃雪設備，每小時能至少清除五百噸積雪，華盛頓政府警告如果將車輛停靠在主要街道而阻礙交通，司機可面臨二百五十美元罰款，波士頓政府爲需要者提供棲身之地，費城政府敦促居民幫忙查看近鄰親友中的老年人，以確保溫飽。美國如此，發達國家無不如此，瑞士在暴風雪來臨前加強預報，尋求新裝置新技術減少雪崩，監控雪道，提供「生命包」氣囊滑雪服；德國在中小學開展災害預防教育，加強公眾防災意識；俄羅斯有個緊急情況部，全稱「俄聯邦民防、緊急情況與消除自然災害後果部」，除了救災，該部負責教育國民如何應對突發危機；日本早前成立了「防災省」，英國應急防災機制由中央和地方共同建立……

在自然災害面前，生命是脆弱的。暴風雪總會過去，反思才最重要。讀一讀外國是如何應對暴風雪、洪水、颶風、地震災害的，學學外國人怎麼做的，這就是一種正讀。

# 貪官讀什麼書

那天正在韓國首爾市採訪，傍晚在韓國國際文化產業交流財團的一位朋友陪同下，步入市中心明洞的一家書店逛悠。在書店的電腦上網，無意中讀到中共上海市委書記陳良宇被立案檢查的消息。這位韓國朋友放下手中的書，不知怎麼問了個很少有人想過的問題：中國的貪官讀什麼書？

好在曾經讀過類似的新聞，於是告訴他：江西省原副省長胡長清愛讀中國古豔色情書刊《足本肉蒲團》（《覺後禪》）、《素女心經》、《金瓶梅》，讀後有樣學樣，養情婦嫖妓女，拿著書模仿性技，他聲稱「妓女和做官是最相似的職業」；遼寧省瀋陽市原副市長馬向東愛看賭博指南一類書，他十七次坐飛機前往澳門豪賭，輸掉公款四千萬元人民幣，他在中共中央黨校學習期間，還隨身帶著《賭術精選》、《賭博遊戲技巧分享》、《賭術實戰一〇八招》等書；中共山東省泰安市原市委書記胡建學愛看《麻衣相法》、《柳莊相法》、《相術大全》等相面書，精心研究，常常找人算卦，一次聽某位「相學大師」說他命中顯示可當上國務院副總理，只是還缺一座橋，於是他頗費苦心，讓一條國道改線，強行越過一座水庫，以便修建一座橋……眞是「開卷有益」。這些貪官在大會小會上總是大言不慚地說，要多讀毛澤東的著作、鄧小平的著作，事實上他們熱衷讀的書卻不是在會場上公開說的那些書。

那位韓國朋友說，天下貪官都一樣。韓國貪官和中國貪官都愛講假話，講一套而做的又是另一套，以公權損害公益而中飽私囊。

湖南省中共郴州市委書記李大倫，是湖南省作家協會會員，這位「官員作家」在《郴州日報》副刊發表了一篇題爲〈難得清醒〉的文章，自我表白一番。這一天被稱爲玩權玩錢玩女人的「三玩市長」、郴州市副市長雷淵利被「雙規」（規定時間、規定地點交代問題）的消息刊登在日報上，李大倫似乎是有意與雷淵利劃清關係，文章中他一再說假話，沒過幾天便查出他與妻子收受賄賂二千萬元人民幣，家中來歷不明存款三千二百萬元人民幣。李大倫、雷淵利之後，中共市委宣傳部長樊甲生被「雙規」，他們相繼落馬，又牽出一百五十八名黨政官員和民營企業法人。專案聯合調查組規勸與他們有染的官員，在十天內主動自首，爭取寬大處理，由於交代問題的官員絡繹不絕，自首的時間延長了六天。

陳良宇被立案前五天，還在大會上振振有詞說假話，大談社會主義榮辱觀教育，要求各級幹部對照中央督查組督查意見抓好工作。上海官場中的祝均一、秦裕、孫路一、吳明烈、王成明已經相繼落馬，時下，上海人關注的是主動自首的官員也會否絡繹不絕呢？

近一個時期來，各地官場「廉政宣誓」的新聞時有所聞。安徽省合肥市包河區是「包青天」包公的家鄉，包公是剛正清廉、不畏權勢的品牌。八月的一天，包河區一百多名幹部在中共區委書記帶領下，去南門外的包公祠前宣誓，要「廉潔奉公，防腐拒變」。此舉在網上遭到眾多網民的抨擊，說「如此作秀，反映出反腐工作的浮躁」，「入黨時都面對黨旗宣過誓了，有什麼比入黨宣誓更莊嚴更神聖」，「孔繁森、焦裕祿沒有搞過廉政宣誓，卻鞠躬盡瘁，而王懷忠、胡長清經常在台上大講反腐，卻照腐不誤」，「這是官員玩虛招，說假話」。

今天，人們對官員的假話聽得太多了。謊言是一種矇騙，是官場中的慣例和常態。人們似乎難以再相信官員的宣誓。不過，宣誓畢竟還是一種警策，不該「一網打盡」，把一百多名幹部在包公面前的宣誓全視爲「作假」。

包公的形象可謂家喻戶曉。不少人到了合肥都會懷著崇敬的心情到包公祠緬懷一番。今天，包公家鄉的人向深得千古人心的包公宣誓，其實大可不必「上綱上線」抨擊，包公身上的品德凝聚著中華民族絕大多數人認同的公理，可以說認同包公比認同黨旗更具人民性。離包公愈遠，離百姓的心愈遠，今天中共不必排斥包公。如今，官員向「公」字宣誓，關鍵在於是否有行動，是否踐行而已，是否能信守誓言，不再說一套做一套。

# 四、官場說荒誕

# 剝奪縣官手中的司法權

陝西省綏德縣職業中學校長高勇，爲落實國家對貧困學生的補助款，找縣長崔博簽字，縣長正要外出開會，心急的校長追著縣長，兩次打開縣長座駕車門，說：「簽個字就這麼難，你今天非得簽這個字不可。」按國家財政部、教育部二〇〇七年年中出爐的規定，中央和地方政府共同出資設立的國家助學金，應該在開學一個月內發放到受助學生手中。綏德職業中學直到年底仍未給學生發放這筆錢，校長依據程序，最後找到縣長要求簽字發錢，縣長卻忙著去開會，認爲要簽字的單據上只有文件號而沒有附文件，要校長暫時「放一放」。不久，縣長竟然讓縣公安局對其作出行政拘留七天暫緩處理的處罰，還讓縣教育局對校長高勇作出停職調查的決定。

校長心裡急，不是爲了自己的利益，而是那些貧困學生一直拿不到助學款。審核簽發貧困學生助學金是縣長的法定義務，他應該感謝校長的催促辦理，自己行政不作爲，還要求下屬公安局、教育局亂作爲，這樣的縣長還是勤政爲民嗎？

這類事，人們已經聽得太多了：

——隸屬於北京《法制日報》報社的《法人》雜誌，在元旦日刊發了記者朱文娜的報導〈遼寧西豐：一場官商較量〉，披露了遼寧省西豐縣女商人趙俊萍因不滿縣政府的拆遷行爲，編發簡訊諷刺中共縣委書記張志國，西豐縣法院判處趙犯誹謗罪、偷稅罪有期徒刑三年半，處罰金十七萬元。文章發表後三天，即一月四日，縣宣傳部長和縣政法委書記率兩名縣公安局警察，以朱文娜涉嫌誹謗罪爲由，攜帶公安局立案文書和拘傳文書，到位於北京望京花家地的《法制日報》報社拘傳記者朱文娜。當日沒能見到朱，離去前聲稱七日將再次前來拘傳記者朱文娜。公安的這一行動遭《法制日報》報社抵制。

——重慶市彭水縣教委人事科員秦中飛，喜歡舞文弄墨。一天午休，閒暇之餘，他擺弄手機簡訊，翻閱到一則朋友給他的反映彭水縣現狀的詞〈虞美人〉簡訊，覺得有點意思，但文學性差。他頓時詩興勃發，花了二十分鐘，將那首更像打油詩的〈虞美人〉改塡爲〈沁園春．彭水〉：「馬兒跑遠，偉哥滋陰，華仔膿煲胞。看今日彭水，滿眼瘴氣，官民衝突，不可開交。城建打人，公安辱屍，竟向百姓放空炮。更哪堪，痛移民難移，徒增苦惱。官場月黑風高，抓人權財權有絕招。嘆白雲中學，空中樓閣，生源痛失，老師外跑。虎口賓館，竟落虎口，留得沙沱彩虹橋。俱往矣，當痛定思痛，不要騷搞。」他用手機簡訊和QQ轉發給幾個朋友。半月後，警察找上門來，他自信只是一首塗鴉之作，沒有任何政治目的，卻招來牢獄之災。縣公安局以涉嫌誹謗罪，將他刑事拘留一個月。他們認爲詞的開篇隱喻了前任縣委書記馬平、現任縣長周偉、現任縣委書記藍慶華。秦中飛的辦公室的電腦和書籍遭抄查，四十多個接信和再傳者遭警方問話。公安局對其下達逮捕令，在押期間，他始終不明白自己究竟誹謗了誰。他妻子和律師爲他奔走申冤，而後他被交保候審。

——河北省圍場縣婦聯副主席齊鳳雁，中共黨員。一天，她託侄子買了一張聯通公司電話卡，此卡不愼丟失。有人拾到這電話卡後發了一些簡訊。幾天後，公安幹警將她侄子帶到公安局問話，詢問那張電話卡發出一些內容有「嚴重問題」的簡訊，涉及圍場縣委書記陳志乃問題。那侄子說，電話卡買來就給了齊鳳雁。齊鳳雁被公安傳訊，以涉嫌侮辱誹謗罪刑事拘留三十四天。她被認定涉嫌「流竄作案、多次作案、結夥作案」的重大嫌疑分子。在押期間，她家被抄查，家人電話被監控。陳志乃策劃立案，直接指使縣公安局長李秀春出面抓案情，陳志乃兩次爲此案召開縣委常委會議，並以常委會名義建議免去齊鳳雁婦聯副主席職務。公安局長李秀春在提審齊鳳雁時恐嚇、誘導她說：「你不說我也一樣給你定罪、判刑，如果你認罪了，陳書記答應來監獄和你面談，不再追究你任何責任。」在親屬的強烈抗議下，公安局釋放了齊鳳雁，處以交保候審一年，她侄子遭多次傳訊後，也被交保候審一年。

還有：安徽省五河縣第一中學教師李茂余、董國平，因不滿上級指定的校長任命考核，編發兩首打油詩式的手機簡訊給縣裡有關部門領導，縣公安局破獲了這起「有組織、有計劃，利用現代科技手段，造謠詆毀他人、攻擊組織的違法案件」，他倆遭降級或撤職處分，被拘留十天，罰款五百元人民幣；還有，山西省運城市稷山縣三十七個縣委和政府部門，在換屆選舉之際，收到署名「笨嘴笨舌人」的舉報信〈眾口責問李潤山〉，從行政作爲到生活作風，四問稷山縣委書記李潤山，經一場暴風雨式的查處，舉報人幹部楊秦玉、南回榮被判處有期徒刑一年，緩刑三年，而另一位幹部薛志敬被交保候審；還有，河南省孟州市武橋村六個農民編寫、印發《正義的呼喚》的小冊子，舉報村辦酒廠的經濟問題，在孟州政法委書記主持下，公安、檢察院和法院聯手，拘捕了六人，他們被判處誹謗罪，半年拘押期間，兩次遊街示眾……

這些案件中，大部分在眾多傳媒、網民關注和輿論的壓力下，成爲公共社會事件，先後得到糾正，但在全國各地沒有被披露的此類事件更是不計其數。輿論大多關注的是，什麼才是誹謗罪，或案件的程序是否違法，或民眾對官員行政是否有表達權，或如何對待傳媒的輿論監督，這些都不錯，但能不能換一個角度思考呢？

中國各地諸侯的執政能力弱化，引發層出不窮的社會事件，令中南海高層疲於應對。新一屆中共中央政治局常委組成雖然還不到三個月，總書記胡錦濤已在多個場合向地方政府提出要有「危機意識」，必須以「黨的執政能力建設作爲主線」。十七屆中共中央政治局十一月二十七日舉行第一次集體學習，主題就是「完善中國特色社會主義法律體系和全面落實依法治國基本方略」。在學習會上，胡錦濤要求中央到地方的各級官員，要「增強科學執政、民主執政、依法執政的自覺性」，要從「完善立法、嚴格立法、公正司法、自覺守法等方面扎實推進」。

中國的最基本問題，最基層問題，主要是縣一級地方政府的問題。中國目前有縣級市三百七十四個，縣一千六百四十二個。中南海認爲政治改革敏感，三權分立敏感，多黨制問題敏感，撇開這些不談，只說一點：剝奪縣委縣政府手中掌有的司法權，公安、法院、檢察院脫離地方政府管轄，歸上一級政府主管。這一改革方案是中國社會科學院農村發展研究所社會問題研究中心主任于建嶸提出的。上週，他接受採訪時表述了他近年來的這一思考。

他說，現在的縣委書記、縣長有兩個特點，一是無法無天，因爲掌握了司法，說要抓人，下面就必須去抓人；二是幹部被派來此地，上任都不帶老婆來。于建嶸有個統計，縣委書記在一個地方任職，平均只待二點零八年，兩年多就離開了，這地方不是自己長期工作地，從來沒想過這裡是自己的家。思想正一點的，是要做出政績，可以被提拔升官；思想歪一點的，就是自己搞錢。縣的改革是中國改革的突破口。只要把所有縣的事情辦好了，中國就有希望了。縣級政權要由本地的人按本地的意志管理本地的事，即所謂「改流歸土」。現在都是流動的，他認爲，要歸回本土，塑造地方政治家，但關鍵的是一定要將司法權脫離地方政府，司法領域的官位不歸你管，都屬於你上面的，你對我就沒辦法了，你犯法了，我就能對付你。這無疑是個良策。

## 從「賭博書記」到形形色色的「賭官」

原中共遼寧省瀋陽市委常委、常務副市長馬向東，曾頻繁於週末飛赴澳門豪賭，一次他們一夥人三天輸了上千萬元人民幣。原福建省廈門市副市長藍甫在北京中央黨校學習期間，私自跑到香港賭博，廈門遠華走私團夥頭目賴昌星為其提供賭資，他連賭一天一夜，輸了三百五十萬元，以致累得肛門脫落，走路都一瘸一拐。這都是人們早已熟知的。

最近，陝西出了個「賭博書記」，他就是南鄭縣陽春鎮中共黨委書記劉貴正。最初，他與朋友和同事小賭，始而挪用公款賭博，繼而去社會上黑惡勢力組織的賭博場所去賭，由此，欠下高利貸，無奈「出走」。他神秘失蹤，不僅緣於當局的反腐高壓，更懼怕黑惡勢力的威脅。就在他「出走」當天下午，幾個彪形大漢到陽春鎮政府嚷嚷：「找你們劉書記。」幾天後，劉妻收到一封從漢中寄出的信，稱自己經常在外打牌，玩得很大，挪用了公家很多錢，無奈中，只能「上峨眉山自行了斷」。一個月後，他尚未上峨眉，卻在青海省西寧市落網。後查明，劉參與賭博，涉嫌挪用西安—漢中高速公路項目給農民的補償款一百一十四萬元。前不久，他已被當局收押審訊。

公安和檢察機關在調查中發現，南鄭縣參與社會上黑惡勢力賭博的不只是劉貴正一人，聖水鎮財政所長胡漢林挪用公款一百一十多萬元，縣統一發放工資辦公室官員何德超挪用公款一百八十八萬元，他倆都參與了社會上黑惡勢力組織的賭博。

官員參與豪賭，往往陷入黑惡勢力設的「套」，輸了錢，黑惡勢力就放高利貸，最後以生命威脅，讓這些官員聽從他們的操縱去貪污公款。

如今，打「工作牌」已成爲官場一種潛規則。上面來人，吃完，喝完（酒），洗完（桑拿），遊完（山水），還得陪打牌。在安徽省黃山市，曾聽一位官員說：「縣級官員叫你打牌，那是看得起你。市級官員叫你打牌，你受寵若驚，得賠著錢，陪著人，讓人家高興，給領導加深印象，有朝一日能想起咱，升個一官半職。」

澳門賭場是大陸貪官豪賭最經常出沒的場所。

中共重慶市委常委兼宣傳部長張宗海，被稱爲「賭資最大的『賭官』」。他和部下動用二億多元公款，在澳門葡京賭場貴賓廳一擲千金，輸掉一億多元。他的問題案發，緣於重慶市廣播電視局長張小川在澳門豪賭被當局查出。

浙江省寧波市高等級公路指揮部下屬一家公司出納應朝陽，今年才二十六歲，被稱爲「最年輕的『賭官』」。他挪用公款，先後四次去澳門賭博，輸了五百萬元。

廣東台山市體育局長李健揚，被稱爲「出入賭場次數最多的『賭官』」。兩年多來，他前往澳門和香港賭博一百多次，累計進出賭場二百多次，有一個月，先後去澳門十五次，在澳門竟然達二十四天，上班期間也對葡京賭場流連忘返。

遼寧省瀋陽市建委主任吳學智被稱爲「要賭不要命的『賭官』」。他疑患胃癌，自覺將不久於人世，不如在死前完成心願，再賭一把，賭贏了可以還清賭債，便從公司帳上掛取一百一十三萬元現金，再設法兌換成一百萬港元籌碼，一夜間輸盡。

雲南省五菱汽車銷售有限責任公司經理張俊夫，被稱爲「贖回來的『賭官』」。他將公司銷售車款六百多萬元轉入私人帳戶，用於賭博。他在澳門豪賭，所攜帶的公款全輸光，更欠下數十萬賭債，最後不得不由公司派專人攜公款到深圳將其贖回。

湖北省仙桃市經濟電視台長郭剛林，被稱爲「肉體最痛苦的『賭官』」。他多次詐騙友人錢財到澳門賭博，後向賭場專放高利貸的「大耳窿」借了五萬元，血本無歸，被「大耳窿」打手打得死去活來，臉上刻下「欠」、「還」、「錢」三字，一顆牙被用老虎鉗拔下。

據悉，在過去的五年，至少有四百多名中國大陸官員或國有企業領導，在澳門賭場栽倒，他們所輸的錢，少則十多萬，多則上億元，都來自公款。除了澳門，中國大陸周邊地區正形成一個從馬來西亞、泰國、菲律賓、印尼、日本、朝鮮（北韓）的亞洲賭網。

據外國研究機構披露，中國周邊國家形成的賭博網，每年吞噬亞洲國家約一千一百億元的資金，而二〇一〇年，這一數字將達到二千億元。

緬甸撣邦東部第四特區首府孟拉，距離中緬邊境僅數公里，此小城賭場林立，九成以上是中國人；越南城市芒街位於中越邊境，二〇〇〇年一座豪華賭場開張，第一年利潤幾達二億元人民幣，賭客中九成是中國人；北韓的兩座賭場，賭客中九成五是中國人。

一個現象是，北韓、緬甸、越南等中國邊境附近的賭場所在國，都有一個規定，本國公民不許進賭場賭博。

這些賭場，無疑是專爲中國人開設的，對沉迷豪賭的貪官，是一種誘惑。資金的流出，官員的出國，都表現出制度上的重大缺陷。

## 髮廊女當上「法官」

五十六歲的貴州省貴陽柳姓公務員，與妻子感情還不錯，過幾年也就退休了。一天下午去菜場，路上被人勸進一家錄像放映廳。一個三十一歲女子在他邊上坐下，問他要不要「服務」。他禁不住誘惑，與那女子發生了性關係。事後，那女子要價二百元人民幣。柳身上僅有一百元，無奈中領著那女子去他朋友家借錢。

事情假如到此也就沒什麼故事了。那女子叫羅昌明，性交易一星期後，她來到柳的那個朋友家，套取了柳的身分、辦公室和家中的電話號碼。她深知，嫖客最忌諱自己的嫖娼行爲被人知道。柳由此遭遇噩夢。她打電話給他：「我要損失費，我還是學生，就因爲你的事，我被學校開除了。」她首次敲詐得到七千元人民幣。一週後，他又接到她的索錢電話。兩年時間裡，他一共被敲詐九十四次，共二十五萬元。

他向親友借錢，現在負債二十萬元。事發後，他常常發呆而坐，自言自語，輕輕叫他也會嚇他一跳，看到生人就緊張，怕聽電話，常常半夜驚醒，大喊大叫，總夢見有人在追殺他。上月才終於報警令羅姓女子落網。

那柳姓公務員只是一次「豔遇」而倒在「石榴裙」下，竟搞得生活雞飛狗跳。如今，中國大陸的政府官員，倒在「石榴裙」下也不算什麼新聞了。據北京婚姻法學家、中國政法大學教授巫昌禎披露，領導幹部腐敗六十%以上與「包二奶」有關，被查處的貪官中九十五%有「情婦」。這成了一個「死定律」：十個貪官九個色，貪官至少有一個情人，她們多半美貌妙齡，即使半老徐娘也是風韻不減。「枕邊風」成了中共政壇「最大規模的殺傷武器」。

被稱爲「吃喝嫖賭貪五毒書記」的中共湖北天門市市委書記張二江，與有名有姓的女人有染的就達一百零七人，無名無姓的，多得他自己都說不清楚。江蘇省建設廳廳長徐其耀，在日記本上記載的情人也有一百多個。年已花甲的南京市車管所所長查金貴，也養了十三個情婦，他竟然還洋洋得意說：「《紅樓夢》裡有金陵十二釵，我有金陵十三釵。」情人多少，成了貪官身分的象徵。

貪官對情人往往講「情義」，所以什麼貪贓枉法都幹得出來，以圖博得情人歡心。用國家的錢，給情人買別墅；用百姓的血汗，讓「二奶」開公司。今天的百姓，對這種事情也早已見怪不怪了。不過，貪官竟將「髮廊女」情人包裝成法官，倒讓人愕然。

湖北省黃岡市中級人民法院院長程坤波，歷任中共蘄春縣縣委副書記、縣長、書記，今年五十九歲，利用職務之便受賄十七萬五千元人民幣。早在八年前，一次在髮廊洗頭，與十九歲的「髮廊女」蔡婷「一見鍾情」。這個蘄春鄉下小學未畢業的年輕女子，一夜之間成了他的「掌上明珠」。這個法院院長發誓要改變那「髮廊女」的命運。她先被安排在蘄春縣一家大型賓館工作。兩年後，程禁不住蔡婷的百般嬌嗔，有求必應，「特事特辦」，讓蔡成了法庭的臨時書記員。在院長的精心「培養」下，再過三年，她正式成爲一名女法官。要說明的是，那些年，她根本沒讀過書上過學。一個法院院長爲討好一個「髮廊女」，居然將嚴格的法官人事制度當作兒戲。這樣的法院院長怎敢指望他公正執法。兩年前山西省「舞女也能當法官」的貪官案，經中國大陸媒體揭露，引發蘄春人的深思。於是，一封舉報信送到高層領導手裡，程坤波這法院院長才被法辦。

從多年前的成克杰、胡長清等一批大案看，權力已被濫用於風月場上，而骨子裡是男權至上觀念的表露。不少人早就提出引發爭議的「性賄賂」問題。「性賄賂」，狹義上說是某人利用女色作手段牟取私利，而廣義上說，則是色相在社會交往中具有特殊交換價值的實體。貪色並不是男貪官的專利。

貪官湖北棗陽市市長尹冬桂，與多名男性關係曖昧，其中有官員，有商人。就連長得帥氣的男司機，她也「霸佔」多年。司機談戀愛，她竟大怒，迫其與戀人分手。

官員作風腐敗墮落的背後，是貪污受賄，作風不正已成爲中共大陸吏治和權力監督面臨的一大難題。權色交易是當前職務犯罪的新動向，令國人忍無可忍。不過，也有人認爲，這種權色交易只是道德品質問題，不能上升到法律問題，潔身自重，才是立身之本。還有人提出廉政建設「從常常回家睡覺做起」。其實，如果缺乏制度約束和監督，即使眞讓他們回家睡覺，肯定是同牀異夢而已。

# 官員的「兩圈」

近日在浙江省採訪，聽說這裡有個「鄰居節」，正在徵集節旗、節歌。九月十四日，市民朱鑫華給主辦機構送去了他創作的節歌〈鄰居，你好！〉。歌詞說：「一個淺淺的微笑，一聲親切的問候，沒有鮮花的早晨，因鄰居的微笑和問候，使太陽和藍天都飄蕩了花香。鄰居，鄰居，我們是比太陽還熱的好鄰居，我們是朝夕相處的好鄰居，我們是同在屋簷下的好鄰居。」

中國大陸的鄰里關係，由於生活條件和生活習慣的不同，外國人是很難理解的。在中國，鄰居們喜歡串門，一起吃喝，一起看電視，把孩子託付給鄰居代看，把家門鑰匙交給鄰居保管。隨著社會的發展變化，鄰里關係與以往有所不同。住房條件改善了，新社區出現了，但鄰居間也不至於雞犬之聲相聞，老死不相往來。一早，他們聚集晨練；休假，他們結伴旅遊。張家、李家發生什麼大事小事，也還在鄰里眼皮底下。

家，往往是一個人剝去僞裝後，最自然袒露的場所。人們愛說，家是個安全港，其實，家也往往不「安全」。很多貪官現形，往往與「家」有關，他們的貪婪現形，不是被查出來的——

有的是「離」出來的：河南省駐馬店市的鄉中共黨委書記張學峰包養情婦，要與妻子離婚，妻子一怒之下，拿著一張五十二萬元人民幣的銀行存摺到檢察機關舉報。

有的是「殺」出來的：海南省萬寧市副市長林禮深妻子在家中被害，警察在現場意外發現，枕頭裡藏有大量存單、存摺，共計百萬元，最終把林禮深「挖」了出來。

有的是「綁」出來的：河南省焦作市化電集團供應處原處長柴本福被綁架，綁匪要價五十萬元，柴的家人拿出五十萬元現金將其贖回，卻不報案，引起了人們的注意。

有的是「震」出來的：四川省達川市傳聞要地震，教委計財股股長邱盛池攜帶一批存款和金銀首飾外出逃命，慌亂中把存單丟了，當邱開具一大摞大額掛失證明時，引起了有關方面的注意，由此查出非法斂財數十萬元。

這些腐敗行爲，多少都與「家」有關。

如今，社會的價値取向和人的道德觀念趨向多元化。面對物慾橫流的生活之潮和紛繁複雜的市儈之風，人往往把握不住自己，致使自己的生活圈和工作圈成了滋生腐敗的溫牀。從曝光的腐敗案件看，官員在現實生活中充當了兩面人的角色：工作圈道貌岸然，同事中口碑甚好；生活圈和社交圈卻庸俗不堪，業餘生活見不得陽光，或酗酒賭博，或依紅偎綠，或買官賣官……

因此，政府官員的生活圈考察，也成了中共新推出的幹部制度之一。中共要加強執政能力，就必須儘快探索出一整套反腐敗體系，拿出「尚方寶劍」，既要考察官員的工作圈，也要將官員的生活圈和社交圈管起來。推薦幹部要注重群眾公論，多數人不擁護者不能確定爲考察對象。

「兩圈」考察制度，是中共中央組織部選擇浙江省湖州作試點的，這一制度目前正擴大到浙江全省推出。湖州中共市委組織部調研室葉主任說，官員的「兩圈」因工作性質、職務、個人經歷及家庭情況等不同而各有差異，但八小時以外活動交往的對象基本特徵是相似的。考察時，主要從三方面確定生活圈和社交圈走訪對象，即找準以血緣爲基礎的家庭圈，以地緣爲基礎的鄰里圈，以事緣爲基礎的朋友圈。

據悉，湖州已經對六十二批一千一百六十八人次的縣局級、鄉科級幹部作了「兩圈」調查，八十五名業餘生活不健康、鄰里關係差的幹部被誡免談話。在一次湖州幹部公選中，有兩個面試、筆試成績優異的考察對象，最終被取消擬任資格，原因就是在「兩圈」考察中，他倆都被發現有賭博行爲。剛剛赴常山擬任縣長的徐煥鳳說，在公選中，組織部專門找了他的鄰居和朋友座談，對他的生活圈和社交圈，作了廣泛了解。他說：「以前在基層工作時，也對提拔幹部工作以外的的情況作了解，但這次在選拔領導幹部中執行得如此嚴格，是沒有想到的。」

剛結束的全國檢察機關境外追逃工作會議披露，是年一月至七月，全大陸檢察機關共立案查處貪污賄賂犯罪嫌疑人二萬二千九百一十三人，查處大案一萬一千一百五十件，佔立案總數的五十五％，縣處級以上官員要案一千七百六十七人，其中包括北京交通局副局長畢玉璽等廳級以上官員一百零九人。此外，全大陸各級檢察機關共起訴貪污賄賂案件被告人一萬零九百四十五人，共判決八千三百八十六名被告人有罪，有罪判決比率同比上升十四％。

事實一再表明，中共的幹部考察存在嚴重缺陷，既應該考察官員的工作圈，又要考察官員的生活圈和社交圈，防止考察失眞失實。

「兩圈」考察，會不會涉嫌侵犯官員的個人隱私，引起了社會上的討論。

不可思議的是，北京有的街道社區，竟然把中共黨員回家時間也列入考核內容了，規定「堅持二十二點之前回家」。眞是用心良苦，用他們的話說，「要求早回家，不只是企圖提醒幹部注意生活作風，更重要的是希望他們家庭和睦，在群眾心目中保持良好印象」。其實，黨員生活作風好壞、家庭關係如何，與回家早晚並沒有必然關係，限定時間也不能保證不出問題。

這實在有些荒誕。

# 「豪吃」令人民太沉重

雲南省華寧縣青龍鎭矣甫村中共村委會支部書記賈宏康，陪縣公安局十多人喝酒後突然死亡，村支委施文學也在酒後被送進縣人民醫院，病歷顯示：重度乙醇中毒。他倆最終沒能經受「酒精考驗」。矣甫村是個典型的貧困村。賈宏康一行人是七月四日在距村委會兩公里的「青寧生態飯莊」宴請的。賈兩小時喝了三壺松茸酒，每壺一公斤。他們幾個還喝了十多瓶紫谷酒和火爆酒。

這一飯莊至今還有矣甫村委會許多欠帳單，僅四月二日這一天就簽單四次，共計五百二十元人民幣（下同），在備注這一欄裡，都註明是接待上級領導單位的。在七月三日這一天，爲召開村委會議，共花費一千五百元。據統計，近三個月共欠這家飯莊五千二百四十九元，帳單上表明招待的有縣交警隊、縣武裝部、縣交通局、縣電信局、縣公安局、烤菸工作隊，以及村委會會議用餐等。他們吃的都是公款，是農民的血汗錢。

爲了不給基層增加負擔，中共華寧縣委早就發表「零接待」制度，除了必要的會議開支和工作開支，下基層的官員開支都要自己掏錢。一位村幹部說：「這制度雖好，但誰又好意思讓上面來的人自己掏錢吃飯？在基層不陪上級領導喝酒，工作難以開展，上級來檢查，村裡就得陪吃喝，不把酒陪好，想要的項目和資金都會泡湯。我們也不想這樣喝酒，實在沒辦法而已。」

對於賈宏康酒後死亡，村民都頗感惋惜，都記住他生前給村民帶來的好處。他是半年前下派到矣甫村掛職的，這半年，他通過各種管道爭取到二十萬元資金，修公路，建自來水管，經常到貧困村民家解決困難，送去米、油和錢。村民們都說，賈的喝酒是迫不得已，為了要接待一批又一批來自各部門的上級官員。

即將召開的中共十四屆四中全會，重要議題之一是加強對權力的制約和監督。中共現行公務消費制度，是改革大潮中唯一較完整地剩存在計劃警覺體制老古董，已異化為權力消費，是滋生不正之風和腐敗問題的重要土壤。以差旅費報銷和伙食補貼標準為例，財政部門規定住宿標準為：省部級官員每晚六十元，廳局級官員每晚五十元，縣處級官員每晚四十元，科及科級以下的每晚三十元，而伙食補貼標準統一為每天十二元。這個幾十年一貫制的標準，已嚴重脫離現行賓館酒店的住宿和用餐收費標準，實際中根本無法照此執行，造成包括紀律檢查監察和財政審計在內的幾乎人人在住宿和用餐上「超標」，由此導致上級部門官員外出公幹由下級部門補差額的現象。於是，一些單位以接待住宿補貼和用餐招待開支爲藉口，開假發票套取預算內資金，設立小金庫，用於請客送禮、吃喝玩樂等違紀違法開支。

廣東省陸豐市是個農業窮市。當地百姓對一家名爲「人民大廈」的餐廳怨氣頗大。來此用餐的主要是公家消費，據薛姓經理介紹，客人吃一頓飯，三千五千、三萬五萬都有，最貴的一桌吃了十五萬元。來此吃喝的大都不願暴露身分，停在人民大廈門口的小車車牌，由大廈工作人員用假車牌遮蓋原先的眞車牌。這是應客人要求提供的「保密服務」。早些日子，這餐廳允許熟客公家單位簽單賒帳，有一天，薛經理到七八個單位收帳，就收回二百多萬元。

公款一頓飯，百姓幾年糧。官員的奢侈與當地普通勞動者的收入反差極大，人力車夫在烈日下載人跑，短途收一元二元，長途才收三元四元。陸豐市去年農民人均純收入僅三千元，這還是有水分的，去掉打工收入，耕田的收入僅一千元。幹部在「人民大廈」吃人民，一桌飯菜十五萬元，是一個農民十多年甚至畢生的血汗，是兩個以上窮孩子從小學到大學的所有費用，是人均GDP不到四千元的陸豐市三十七名市民一年的收入。

公款「豪吃」，時有所聞，長期存在，久治不癒，吃的是財政的漏洞和監管的缺失。中國大陸是世界上行政成本最高的國家之一。據悉，全大陸地方行政管理費中公務員人均開支的辦公費、差旅費、郵電費、會議費之和達到近五千元，佔公用經費總額的六成以上。

聽聽網民的怒評：「現在查處的貪官，哪個不是從吃喝玩樂開始的，吃喝風就是腐敗的起源地，反腐從遏制吃喝風開始。」「豪吃豪喝，吃了人民多少血汗？來了一個客，陪了一桌人。局長、書記一個不少，另外一些打雜人員，還需要一桌。一個單位這樣下去怎麼『陪』得起。金山銀山也會慢慢被掏空啊！」「建議地方審計垂直領導，審計到地市級、縣級。國家財政要規範招待費項目，給公費性消費立法。」

# 駐京辦和「蛀京辦」

春節一過，各地政府駐北京辦事處（下稱駐京辦）又忙碌起來。春節前，駐京辦人員忙著給上級部門和橫向關係戶拜年送禮。春節一過，三月初全國人大和政協兩會在即，各地政府高官都會浩浩蕩蕩進京城。駐京辦，這個公款接待的大本營，三月是一年中最爲忙碌的日子。

春節前夕，王曉方創作的小說《駐京辦主任》的新書，由北京作家出版社出版上市。此書揭開了駐京辦政治平台的神秘面紗。小說中，東州市政府駐京辦主任丁能通身處政治漩渦，詭譎圓滑而精明幹練；市長蕭鴻林、常務副市長賈朝軒從改革菁英蛻變爲腐敗分子，從而層層揭開駐京辦的面目。要了解駐京辦，這無疑是一部教科書。丁能通這段話頗爲經典：「貴必有王氣，富必有福氣。」在中國官場上，二者可以兼得的只有駐京辦主任了。因爲駐京辦主任既貴爲官員，又像個商人，離天王老子最近，可以廣交權貴，當然福氣多多了。

時下，各種形形色色的駐京辦究竟有多少？這是誰都說不清的問題。過去的一年就有不計其數的版本。

據北京市發展和改革委員會最新披露，經國務院批准和北京市同意設立的外省市政府部門駐京辦機構有七百四十五家，其中，省級政府所轄部門設立的駐京辦和聯絡處一百二十五家，地級政府駐京辦聯絡處三百二十五家，縣級政府駐京辦聯絡處二百零四家，其餘爲其他承擔政府職能的駐京辦。以上僅限於在北京市登記的，如果加上各種協會、企業和大學的辦事處、聯絡處，各種駐京機構至少一萬家。其中省、自治區、直轄市、計劃單列市、經濟特區在京城設立的辦事處五十二家，工作人員約九千人，其中機關近二千人，所屬賓館、飯店約七千人。

一般人眼裡，駐京辦是幹什麼的呢？問北京朋友，他們的回答相當一致：久居北京城，吃遍駐京辦，想吃各地的地道美味，就去駐京辦轉轉。說起駐京辦的美食，京城友人個個如數家珍：雲南駐京辦的雲騰賓館，山珍野味特別鮮美；貴州駐京辦的貴州大廈小吃絕對值，腸旺麵、酸湯魚、鼎罐雞、絲娃娃；七省大院內的福建駐京辦，佛跳牆最是地道，價格公道；山西駐京辦的三晉賓館，有最本土的山西麵食；新疆駐京辦的新疆飯店，大盤雞、羊肉串、葡萄乾燉羊排……上網一查，令人意外的是：駐京辦與美食關係最大，網上有各省市駐京辦美食地圖，有駐京辦美食大全。駐京辦是各地政府派出機構，最有條件選擇當地名廚坐鎮，令菜餚絕對正宗。駐京辦餐廳面對的食客，以來京和駐京官員爲主，這些人最知道怎麼才算「正宗」。可以說，駐京辦已經形成一個以衣、食、住、行、玩等組成的產業鏈條。

駐京辦究竟是幹什麼的？在計劃經濟時代，駐京辦對訊息的上傳下達起過重要作用，也曾經爲各地官員赴京城辦事提供方便。曾聽新疆駐京辦副主任阿不都克里木介紹說，儘管今天交通有飛機，通訊有網路，方便快捷，但駐京辦的作用依然不可或缺。除了辦理國家機關與新疆自治區政府之間的政務聯繫、招商引資、文化宣傳、政務接待等日常工作，駐京辦在處理一些突發事件、維護北京社會治安和穩定也起了相當大作用，解決新疆籍人員來京城遇到的商務糾紛和交通糾紛等。

這當然是放得上檯面的話。打開任何一家駐京辦網站，它的職能與阿不都克里木說的大同小異。上世紀九〇年代，爭取項目和優惠政策，被公認爲駐京辦的重要功能。江蘇省一些市政府，將一些年輕的農村青年女子，作保母培訓，送到北京，由駐京辦設法送去中央和部委高官家中當保母，聯絡感情，取得信任，打探消息，關鍵時根據駐京辦的指令，向這些高官傾訴家鄉需要報批的項目，令這些高官爲保母鄉情動心。進入二十一世紀，駐京辦已成爲地方政府和中共地方黨委的駐京「大使館」。

地方政府要批項目，拉經費，就得與中央相關部門建立好關係。國家審計署審計長李金華說過：「現在，各省市區、地級市，甚至縣，都在北京設立辦事處，有的駐京辦目的就是跑『部』『錢』進（跑步前進）。跑是足字旁，還有一個『包』，要帶包去跑。誰跑得多，就可能多獲得一些撥款，多拿到一些批文。這麼一跑，很多問題隨之產生。」

四川省一位市級駐京辦主任說得就很坦率：「我的工作就是將禮品不露痕跡地送到領導手中。所謂公關，就是對部委司局長領導人的喜好瞭如指掌，陪他們打牌、旅遊、喝酒，或買字畫、古玩。禮物太貴會給人家添麻煩，也不能太便宜，關鍵是投其所好。我的工作箴言是：事事以領導滿意為宗旨，事事以招商引資為取捨，事事以項目服務為目標。」

駐京辦主任感到最耗時、最無奈的任務，是來京城的官員或官員家屬的迎來送往。從接送飛機到安排好吃喝住行和購物是最基本的，讓來者高興來，高興去。有些領導家屬來到辦事處，如同當年皇上到了行宮，辦事處提供全天候服務，所有開銷都得辦事處公款支付，完全不受約束。

駐京辦逐漸演變成「蛀京辦」。駐京辦的職能正在異化。有地方官員利用駐京辦為自己升官晉級和發財謀求機會，尋找北京和中央的政治靠山和各種關係，花錢買路。「跑部錢進」的作用場必然與腐敗掛鉤，駐京辦成為腐敗高發區。近來查處震驚全國的腐敗大案要案，往往與駐京辦有關連。河北省原國稅局長李真案中，省政府駐京辦原主任王福友因貪污等罪被判處無期徒刑；中共廣西區委副書記成克杰案中，區政府駐京辦副主任李一洪犯賄賂罪被查辦；瀋陽原市長慕綏新、副市長馬向東貪污腐敗案中，市政府駐京辦主任崔力貪污索賄被懲處；大慶市原國稅局長那鳳岐受賄案中，市政府駐京辦辦公室副主任李洪波被查處；廣州市原政府駐京辦副主任詹敏受賄被查處；江蘇省政府駐京辦原主任吳廷祥因受賄等罪被判處十九年……

今天的駐京辦管理與監督失控，成了三不管地帶：別人管不著，地方沒法管，北京管不了，現行管理體制造成駐京辦監督的缺位。機構的混亂帶來管理的混亂，管理的混亂導致駐京辦成了多事之地。最近三四年，年年有全國人大代表和政協委員籲請整頓駐京辦，即將召開的全國人大和政協兩會，又有代表提出議案和委員遞交提案。去年駐京辦的腐敗和治理問題被提到議事日程，整頓駐京辦被中央紀律檢查委員會和國家監察部列為去年四大工作任務之一。北京市發展和改革委員會已經走訪調查了各地市縣級駐京辦。

對「蛀京辦」，至今不見中央重拳出手，看來眞要處理還相當棘手。時至今日，訊息傳輸管道四通八達，經濟的調節也由絕對計劃變成市場調節爲主，即使駐京辦能加強地方與北京的溝通，但由此付出的社會成本也相當驚人。按理說，絕大多數駐京辦已失去存在的理由。

不過，在中國大陸，中央與地方關係的特殊國情，地方政府和企業設立駐京辦的願望依然相當強烈，僅僅對駐京辦開刀也難以從根本上解決問題。中央政府的資源配置權力過大，掌握著地方政府所需要的資源和地方政府無法迴避的審批權力，才導致各級駐京辦的存在空間。問題層出不窮，是對駐京辦監控無力，地方官員權力不受約束，地方政府財政制度不健全，駐京辦公關的中央政府部門官員的權力也缺乏監督。

整肅是必定的，全部撤銷的可能性看來不大。即使依靠行政命令撤銷取締了，肯定會有充當這一角色的機構和人員變相存在。他們一旦走入地下，管理將更混亂。撤除大部分駐京辦，保留的駐京辦要規範管理，財務透明，接受審計，僅僅爲官員服務的職能要作轉化，拓寬民本內涵，在信訪（以書信、走訪等方式向上級反映情況）、社會協調等方面開拓空間。當然從源頭上看，相關部委審批項目的透明度增加，並有相應制約，「蛀京辦」的生存空間就逐漸縮小了。

# 「對不起」和瀆職犯罪

南京的一位記者朋友來香港採訪完要回江蘇了，臨行前一起吃飯，問她對香港印象最深的是什麼，她說，香港人每天都要說不知多少遍「對唔住」（即「對不起」）、「唔該」（北京人說的「勞駕」）。在擁擠的地鐵裡只是輕輕擦一下手臂，雙方會說一聲「對唔住」；在進入電梯時稍慢了半步，步入者會對電梯裡的人說一聲「對唔住」；打電話給大公司而電話鈴聲多響了兩下，接電話的小姐沒等你開口，就會搶先柔聲說「對唔住，讓你久等了」……

中國有個笑話，甲踩了乙的腳，乙卻對甲說：「對不起，硌著您了。」中國人覺得這是笑話，但這種事在香港，在日本眞的會發生，而說這話的人是眞誠的，絕對不是反諷。道歉文化是日本文化中一個十分重要的內容。日本人更是每天都在不停地說「對不起」，無論是否自己的錯，只要給別人添了麻煩就說「對不起」。「對不起」是一個社會正常運行的潤滑劑和增效劑，消除了人與人之間不該有的摩擦，將不和諧的噪音降低到最低程度。

不過，中國的官員說一聲「對不起」卻相當難。剛過去的半個月，先是太湖藍藻暴發令無錫自來水臭烘烘，酷暑日百姓洗不了澡，飯店燒不了菜，工廠開不了工，事發後當地媒體卻重點報導說，政府官員和各部門如何重視，緊急動員，周邊城市如何伸出援手，而後自來水廠聲稱，在專家努力下，水廠出水水質達到飲用水標準，似乎一切可以重歸平靜了，沒有看見有哪個官員挺身而出，承認責任在自己，水不是一天就變臭的，給百姓帶來那麼大的不便和損失，由此說一聲「對不起」，並引咎辭職。

太湖藍藻暴發的同時，廈門當局因在住宅區附近興建化工廠，引發居民強烈不滿而自發遊行抗議，建化工廠的計劃被迫暫時擱置，卻也見不到有政府責任人和責任部門站出來，爲建廠方案出爐給市民帶來那麼多麻煩致歉，說一聲「對不起」。當地媒體卻又「正面宣傳」，說政府如何重視環保，美麗光環遮蓋了「負面事件」。

山西非法磚場拐騙小童奴役民工事件，引起全民震怒，直到六月二十日山西省長于幼軍才在國務院會議上檢討，二十二日代表省政府向受害者及其家屬，向全省人民檢討，表示「深感內疚和痛心」，承認「政府監管不到位」，有官員竟然充當黑磚窯的「保護傘」，對失職瀆職的官員「絕不姑息遷就」。這是遲到的道歉，說比不說好，或許于幼軍愧疚是發自內心的，當眾道歉也是眞誠的，但人們還是不禁還要問，是誰縱容了這樣的罪惡？又是誰保護了滴著血淚的利益鏈？如此大規模而又長達多年的令人髮指的罪行，政府又去了哪裡？誰站出來承擔責任？

百姓最關心、最貼身、最現實的問題沒有處理好，就有權聽到政府官員說一聲「對不起」，於情於理，是很自然的事。記得參加全國人大和政協兩會期間，就有過一股「高官致歉風」，衛生部長高強、教育部長周濟、國家環保總局局長周生賢，就分別爲衛生、教育、環保工作中的失誤道歉。這是一股新鮮的政治空氣。無論出於何種目的和動機，致歉總是好事，至少表明政府官員開始把自己和責任捆在一起，對百姓利益，不想或不便再「敷衍塞責」了。

僅僅道歉還是不夠的，道歉過後，百姓還要知道今後如何改進，何時能見效，失責的官員要承擔責任，承擔責任的官員要有名有姓，這責任包括引咎辭職。當年SARS事件，令國家衛生部長張文康和北京市長孟學農去職；長春市中百商場火災，致使五十三人死亡，七十多人受傷，吉林省長洪虎一天內兩度公開道歉，而後辭去省長職務。在問責方面，中國是有法可依的。

二〇〇七年五月下旬最高人民檢察院披露說，二〇〇六年在檢察機關立案偵查的重大責任事故背後的瀆職犯罪案件中，已作出刑事判決，判處免予刑事處罰和宣告緩刑的比率竟然高達九十五・六%。在立案偵查的六百二十九名犯罪嫌疑人中，已對三百七十人作出刑事處理，其中，檢察機關決定不起訴八人。法院已作出刑事判決的有二百四十九人，其中判處免予刑事處罰一百三十一人，佔判決總數的五十二・六%；緩刑一百零七人，佔判決總數的四十三%；判無罪兩人，佔判決總數的〇・八%；判處實刑九人，佔判決總數的三・六%。尚有一百一十三人已被提起公訴而尚未宣判。由此可見，對瀆職侵權案件輕刑化是十分明顯的，對各方事件責任人的震懾度是不夠的。致使五十六名礦工死亡的山西左雲礦難瀆職案件一審宣判，在十二名瀆職官員中九人被判處緩刑，三人被判免於刑事處罰，意味著十二名涉案官員全部監外執行，引起全社會譁然。在二審之後，法院才對部分官員改判，處罰力度才有所加大。

當局承認，一些官員片面強調保護地方利益和部門利益，甚至法外講情，爲瀆職官員開脫責任，查辦瀆職侵權犯罪案件發現難、取證難、處理難、阻力大的問題難以解決。大量的瀆職侵權案件被忽視，被同情，被寬容，被諒解，關鍵是多數瀆職侵權並非出於權力濫用的「積極行爲」，而是不履行職責的「消極不作爲」，玩忽職守，漠然置之，麻木不仁，聽之任之，只是「思想問題」、「作風問題」，不直接指向「具體權利」，而是造成社會的「集體損失」，於是大事化小，小事化了，或以紀代刑、以罰代刑。這是觀念的錯位。

瀆職侵權不能輕刑化，那出現重大負面事件，也不能只是痛斬一批違法者，還必須處分一批瀆職官員。山西「黑磚窯事件」應該追問政府，不能僅僅說一聲「對不起」，究竟誰爲此事負責？誰爲此事下台？

# 爲百姓倒杯水

春節長假過後上班第一天，杭州、瀋陽、南京、成都等不少地方黨政機關做的第一件事，就是燃放一串串紅鞭炮，稱之爲「開門炮」。這一天上午八點，八點十八分，八點五十八分，所謂的「吉利」時辰，鞭炮震耳，紅屑滿地，煙霧嗆人，漫天塵土。政府機關與商鋪商家一起爭相放鞭炮，樂此不疲只是要祈福圖個「好彩頭」，開年有個「好兆頭」。

這些鞭炮錢絕對不是官員自掏腰包購買的，而是出自公款即百姓納稅人的血汗錢。商家和百姓熱衷這一習俗無可厚非，但黨政機關的「開門炮」卻反映執政理念的錯位。權力是人民給予的，黨政機關能正確行使公權力，不缺位不越位，不貪腐不濫權，保障公民自由民主的權利，這才是百姓的「好兆頭」。

安徽省濉溪縣農民張其均的女兒因被醫院輸錯血而死亡，爲討個說法，他懷揣從八個地方借來的高利貸，耗了十年時間，在醫院、政府、司法部門之間來回跑了幾百趟。這是一個家庭人命關天的案子，那麼多衙門的絕大多數官員竟說他無理取鬧。他說：「少說我也見了上百個幹部了，只有一個幹部見我時起身，爲我倒了一杯水。」

「上百個幹部」只有一人爲張姓老人「起身倒了一杯水」。「勿以善小而不爲」，倒杯水，事雖小，卻實實在在體現了幹群的一種感情。上百個幹部對一個農民、一杯水，呈現的是一種冷漠，對百姓疾苦的無視。如果要求幹部對所有來訪的民眾都噓寒問暖，殷勤備至，當然是奢望，但起身笑臉相迎，再倒杯水，這絕對可以做到。

當下，民間流行官場的順口溜。有「黨政幹部九大特徵」：一請就到，一喝就高，一捧就傲，一求就敲，一給就撈，一脫就要，一累就叫，一批就跳，一查就倒。有「幹部是這樣死的」：天天開會坐死，領導高調哄死，民主評論整死，事事匯報煩死，擇優提拔騙死，混蛋同僚害死，上級檢查忙死，工資差別氣死，老婆年輕累死。有「喝酒五種人」：喝酒像喝湯，此人是工商；喝酒不用勸，工作在法院；舉杯一口乾，必定是公安；八兩都不醉，這人是國稅；起步就一斤，準是解放軍。有「什麼都搞亂」：金錢把官場搞亂，關係把程序搞亂，級別把能力搞亂，小姐把輩分搞亂，公安把秩序搞亂，手機把家庭搞亂……這些反映的是民間的情緒。

春節期間，筆者在雲南度長假。十六日的《昆明日報》用了四個整版公布了從市委書記、市長到五區、一市、八縣及市直屬各部門機構的黨政官員的聯繫電話，還詳細列明各官員的職務分工。這一專輯竟洛陽紙貴，搶購一空，旋即再版增印，轉載的網站也成了複製收藏最多的帖子，社會反響如此強烈，出乎當局意料之外。其實，官員的電話號碼原本就是百姓最基本的知情權範疇：百姓遇到問題應該找誰，如何才能找到。看來，百姓的知情權和監督權太飢渴了。政府陽光政務而公布了電話號碼，工作必定帶來壓力，令一些官員不舒服，官員太舒服，百姓就不舒服了。

不可否認，公布電話號碼後，難免會有騷擾電話，只要有措施跟上，騷擾能減到最低。公布領導幹部電話號碼，只是第一步，如何回應百姓的訴求，解決百姓的問題才是關鍵，不能以爲公布就萬事大吉，還需要配套措施跟上。在電話號碼公布後的第三天，一位記者按公布的號碼，找四位負責官員聯繫採訪，竟然只有一位官員接聽，這不能不說是一種遺憾。當然，要一位主要官員每天守著電話也不可能，於是有人提議，還不如公布電子郵箱地址，而且設定自動回覆，表明收到了來信，讓來信者心中有數。領導幹部收到電子信件，可以在方便的時候逐信閱讀，逐信回覆。昆明如此大規模公布領導幹部電話號碼，在全國尚屬創舉。公布總比不公布好。據悉，雲南新近還推出了一系列「便民」新政。

北京自由作家劉曉波和身在美國的政論家胡平等人，日前發起簽名，上書三月在北京舉行的全國人大和政協「兩會」，要求立即廢除城鄉戶籍二元制，從立即廢除《中華人民共和國戶籍登記條例》開始，讓農民公民化，讓「農民工」成爲歷史名詞。截至二月十八日，已有海內外一百零三人簽名。其實，這一籲求早已在雲南有所突破。

歲末年初，昆明的戶籍新政出爐，購房落戶、父母投靠、配偶投靠、子女投靠等，長期來始終被設定著過高門檻的管理模式被打破了，只要符合在昆明買住房或父母、配偶、子女是昆明住戶等條件中的任何一項，非昆明住戶都可申領昆明的居民身分證。在雲南省紅河州，無論是什麼學歷、年齡多大，只要在紅河務工簽三年勞動合同，或在紅河簽三年租房合同，花五元人民幣工本費，一小時內就可把戶口遷入紅河，不論以前是農業戶口還是非農業戶口，一旦遷入就是居民戶口。

這無疑是具有破冰意義的戶籍制度改革。當然戶籍制度改革不只是戶籍問題本身，還必須涉及與之相關的教育、社保、醫保等，否則僅有居民身分證，外來人員還不算享有當地居民的「同等權利」。

爲民新政、便民新政畢竟邁開了一大步，百姓期待有更多的「一杯水」能解久渴。

# 官員的施政個性

討論會一結束，時任國家衛生部部長高強從會場往外走，他一出現，就被記者呼啦擁上團團圍住。醫療改革，公眾關注，媒體重視。記者從二樓追到一樓，高強擺手說：「今天你們就別讓我回答問題了。大家愈重視醫療改革醫改，我們就愈要慎重。我這次兩會的主要任務是聽取人大代表和政協委員的意見的。」

高強素來低調穩重，記者們依然不依不饒，結果被堵在洗手間裡。中午散會，他剛起身又被記者圍住，他艱難地向衣帽寄存處移步，他發現自己的外衣不知去向，他幽了一默：「糟糕，難道我的衣服丟了？那可是件好衣服啊。」原來，在記者的圍堵下，他忘了衣服是放在對面的寄存處。翌日，全國人大開幕，他剛走進大會堂，三四十名記者又圍堵他，推擠中，兩個矮小的女記者在他身邊摔倒了，危急中，他趕緊彎身護守而扶起她倆，他說：「沒傷著吧，我可擔當不起責任，不過，我是管醫療的。」引得記者都笑了。

在北京全國人大和政協兩會期間，每天都遇到一大批官員。人大代表和政協委員中，至少一半是地方和中央的各級官員。官員比例太高，成了時下一個熱門話題。人大和政協兩會一年一度，每年都會有十來天與這麼多官員相處，一年比一年感覺到，今天官員的施政個性確實愈來愈明顯了。

春節前夕，中共湖南省委書記張春賢在湖南「紅網」發帖：「我向紅網的網友致以誠摯的問候，拜個早年。」帖子一出，頗受各地網友追捧；時任中共重慶市委書記汪洋在幹部讀書會上，給與會者出了「寒假作業」，在春節假期裡，閱讀《世界是平的》一書的第一章，並答應節後抽半天時間一起結合重慶實際作一次討論……這些官員都是各出奇招。

赴重慶出任市委書記前，汪洋是國務院副秘書長。說起汪洋，就想起他從北京到重慶工作三個月後接受筆者的那次採訪。這三個月以來，他沒有接受過任何一家媒體的採訪，他找的推擋理由是「我剛來工作不接受採訪」。他說：「在此之前，不要說大陸以外的媒體、國內的媒體，就是重慶媒體，我都沒接受過單獨採訪。此前三年由於一直在中南海裡工作，是幕後人物，很少上鏡頭，所以『業務生疏，武功全廢』。今天見記者我是硬著頭皮來的。」這是頗有個性的開場白。

上任第一個工作日，五十一歲的汪洋沒有出現在市委辦公樓，而是花了四天，行車五百公里，去了三峽庫區和貧困山區。三峽庫區建設，重慶動遷一百零三萬人，庫區產業空洞化的問題日趨明顯，導致大批人員失業，部分區縣已基本沒有「工業」概念。庫區大部分是國家或省級扶貧工作重點縣，經濟基礎差。在交通不便的庫區，資金外流加劇了庫區產業空洞化和金融空洞化。三峽庫區如何發展，被列為重慶市「第十一個五年規劃」攻堅項目。

在大巴山深處的小山村巫溪鳳凰鎮石龍村，汪洋走進七十四歲貧困戶李先桂低矮而簡陋的磚房，他摸摸被褥是否暖和，看看米缸是否有糧。目睹李家的困難，汪洋關切地問村支部書記：「像這樣的貧困戶村裡還有多少？」他又對李先桂老人說：「眼下就要過節了，市裡非常牽掛你們的生活，最近要拿出一部分錢，讓所有困難戶過個祥和的節日。」新年第一天，汪洋到企業慰問一線工人。除夕將至，他又赴渝東南民族地區的石柱、彭水、秀山、黔江等區縣看望民眾。春節期間，他去了深山給山民拜年。在彭水普子鎮桐泉村，當村民得知同自己一起攀上土地崖的人是新來的市委書記汪洋時，連聲道：「你辛苦了。」汪洋回答說：「今天我們辛苦，就是為了以後你們少些辛苦，以後你們不辛苦。」

「官」念在變化。時下，中國政壇出現新一輪人事變動，五十歲上下的官員開始執政省級地方政權。個性化執政的高官形成一個群體，親民是這一群體的共有新風。還記得，當時汪洋如此評論重慶：千里為重，廣大為慶，兼收並蓄，是爲重慶。

時任中共江蘇省委書記李源潮，前不久到基層調查研究，半路遇一住戶，就問了一些當地的情況。李聽後對當地的一些做法相當讚許。不過，後來他接到電話，來電者反映那住戶講的情況是假的，完全是按照基層官員預先的安排，按官員的要求而該說什麼、不該說什麼。對此，李源朝大惑不解，他是半路隨機遇到的，不可能做假的。來電者繼續說，所有這些都是經過「事先精心安排」的，凡是李源潮可能會經過的路線，他們事先都走了一遍，還沿路一一打招呼，而當時李能接觸到的人，都是經過「篩選」的。他終於憤怒了，拍案而起。如此，他怎麼還能聽到眞話呢？他狠狠地點名批評了那些地方對上級官員迎來送往、安排檢查的做法。

這些官員執政時都展現了個性。「個性官員」眼下成了人們的熱門詞彙。被稱爲「鐵面強人」的審計署原審計長李金華，被譽爲「救火部長」的原國家安全監管總局局長、現任工業和信息化部部長李毅中，環境保護部副部長潘岳，原教育部副部長、現任中國教育發展基金會理事長張寶慶，鐵腕執政而頗具爭議的原江蘇省副省長現任昆明市委書記仇和，以及國務院原副總理吳儀、湖北省副省長李憲生、成都市委書記李春城……這些官員各出奇招，敢於直言、不怕丟官，他們以個性十足的方式，接連出現在公眾面前，避免言語乏味，願意讓別人記住自己的獨特形象。這些個性官員，一般而言都是幹實事的人，是獲得民意支撐的人，往往具有敢於負責的政治勇氣和嫉惡如仇的政治良心，從言辭、形象到舉措、思路，改變了一般官員給百姓留下的雷同、刻板的形象。

「個性」不僅僅指個人性格，更包含事業心、責任感的情懷。他們的一言一行，不僅彰顯自身的魅力，也影響各自主管領域的現狀和未來。每個官員都是人，誰沒有個性？但這些年來在中國官場，誰都不會輕易表現個性。其實，中共的歷代領導人，幾乎個個都有鮮明個性。只是歷次政治運動帶來的流風餘韻，個性鮮明的毛澤東壓抑了別人的個性，政治的理性化被曲解而成僵化，不敢表現個性成了官場潛規則。在僵化的官員任免機制下，個個言論中規中矩，行動循規蹈矩，謹慎穩重有餘，迴避個性色彩，成了官員考察的形象模板，施政個性被窒息了，平庸和不作爲成爲官場生態，公眾對印象官員的形象個個是刻板的。

如今官員展現個性，在體制內得到了認同。這個社會對個性的寬容度令人意外地強多了。只要執政爲民，張揚個性同樣可以在更廣闊的政治舞台展現抱負。這是政治文明進步的一種表現。個性官員的出現，主要還是官員個人的因素起作用，是官員品性和修養的表現。由於是個人因素的作用，由此也具有不確定性。

溫家寶也是一位有個性的國務院總理。在中國文學藝術界聯合會第八次全國代表大會和中國作家協會第七次全國代表大會上，國務院總理溫家寶作經濟形勢報告，在座的代表們沒有料到，溫家寶講完了經濟形勢，不再看講稿，「與文學藝術家談心」了。他談了兩個多小時心，沒有稿子，只是準備了一些用以引證的素材，對台下三千多名作家、藝術家侃侃而談。他說，「一篇沒有稿子的報告，人們不會求全責備，說錯了，大家批評就是了」。溫家寶談話一開始就提及十多名文化人與他的交往，「許多老的文學藝術家，是我的前輩，應該說我是讀著他們的作品長大的」。好多年沒有聽到一位國家領導人這麼感性地對作家、藝術家談話了。

一封給溫家寶的信正在在網上流傳，落款是「一名普通的中國人」，經了解，這是一位從美國留學回來、目前在廣州一所大學教書的年輕人。信中說，「我有個不情之請，就是想請總理在兩會期間到網上來，在線和全世界的華人網民聊聊天，以及海內外關心中國建設的國際友人，一起聊聊天，談談國事、家事、大小事」。這位「普通的中國人」籲請溫家寶能到網路上、到論壇回答網民問題，或者在網上開個記者會。

一次，越南新任總理阮晉勇在三家網站上直接與網民對話，今天的中國人常常發問：越南可以，爲什麼中國不可以？有個性的溫家寶，或許眞能在兩會期間與網民對話吧，但願。

# 官員的非正常死亡

又一名高官選擇自殺身亡。媒體報導中國國際貿易促進委員會第一副會長張舟，在家中靠近窗戶的暖氣管上吊身亡。這位五十二歲的副部級高官的自殺，據傳是與「工作壓力大及精神狀態不好」有關，「他患有憂鬱症，自殺前兩天已寫下遺書」。八年前，四十四歲的張舟任新疆自治區政府副主席，「此後官運平平」，二〇〇五年赴北京出任貿促會副會長、黨組副書記。在北京，他總覺得待遇還不如新疆，生活不習慣，看病不方便，地處鬧市的住房小。近年貿促會被揭露多起腐敗大案，主管幹部的張舟面臨的壓力很大。張舟自殺當天，上午還會見外賓，中午在辦公室如常活動，下午回家還叮囑司機晚上送他去參加一個宴會，傍晚司機前往他家時發現他已身亡。

張舟的自殺，再度引發人們對官員自殺原因的探究，官員自殺已成爲一種不容忽視的社會現象。

中國大陸最近發生多起高官自殺事件。官員自殺，大陸媒體一般都不會作報導，僅從有限的報導看，官員自殺的有：浙江省發展和改革委員會主任史久武，二〇〇六年一月跳樓身亡；河北省唐山市國土資源局開平分局副局長趙俊文，二〇〇六年一月從辦公樓窗口墜下身亡；重慶市大足縣人事局副局長李福多，二〇〇六年一月在家中自殺；湖南省副省長鄭茂清，二〇〇五年十二月割腕自殺未遂；履新不足三個月的吉林市副市長王偉，二〇〇五年十二月懸樑於家中；黑龍江省檢察長徐發，二〇〇五年八月從九樓高的家中陽台跳下身亡。

這之前有：江西省中共上饒市委書記余小平在家中自縊，中國銀行益陽分行行長朱國勛在看守所自殺，河南省地稅局長謝應權在辦公室自殺，浙江省金華市金東區司法局副局長王建湄跳樓自殺，山東省公安廳副廳長萬國忠畏罪自殺，還有四川省雅安市公安局長、福建省福鼎市質監局長、湖南省橫東縣教育局長、河南省新鄭市市長、甘肅省涇川縣縣長……

毫無疑問，官員自殺大部分是涉嫌貪污腐敗，自知無法逃避法律嚴懲而心理壓力過大，或者企圖中斷查案線索而保護既得利益者，於是選擇了自殺。官員自殺引起人們廣泛關注，是出於官員身分的特殊性和公務員本身的公共性。有趣的是，自殺的官員所從事職業的工作範疇，往往是被稱作當今腐敗「高發區」、「易發區」，市長縣長、銀行行長、公安局長、國土資源局長、人事局長。當今官員腐敗多如牛毛，在公眾心目中的官員整體形象就是「敗壞」，可謂官德坍塌，見官就罵。因此，對官員自殺的條件反射，對官員非正常死亡的第一反應，人們往往認爲肯定與腐敗有關。在腐敗成爲一種默認值時，官員一旦自殺，對該官員的道德懷疑，幾乎成爲公眾的一種集體無意識。

其實，非正常死亡的官員中，有些確實與腐敗無關。官員也是人，也有「心理疲勞」的時候，脆弱的心理素質而最終導致自殺。今天的官員面臨多方面的「發展與責任」的壓力。有官員說，他最擔心群體上訪事件，處理不好就影響官職升遷，而這上訪事件說發生就發生。有官員說，他最擔心礦難、颱風、洪水、傳染病，半夜睡夢中電話最驚心，這些事一旦發生，一有閃失就難保明天還在領導位子上。來自各種人際關係的壓力，來自社會各種誘惑的壓力，來自家庭妻兒的壓力，來自工作失誤而道德自責的壓力，官員也難免會焦慮、愧疚、煩惱、鬱悶。把官員自殺，下意識地全部視爲貪污腐敗，是這個社會的不幸——官員信任危機成了一種氣候，國家機關的公信力太弱。

知情權是資訊社會中人的基本渴求，特別是官員的非正常死亡，如果不公開，更會引起公眾疑慮，帶來傳言紛紛。湖南省望城縣楊姓中共縣委副書記在電信大樓跳樓身亡，當地嚴密封鎖消息，翌日宣傳部下令不准傳媒採訪，事情往往適得其反，他的死愈加神秘，反而引起人們好奇心。網民眾口一詞咬定楊之死與腐敗有關：「鐵定是貪污犯，爲保全上面領導，自絕人民」，「遭人滅口了吧」……而後縣委通報說楊的死因是「生病不堪折磨」、「純屬意外死亡」，根本就沒有網民相信此說。

對官員自殺，要嘛捂著不准傳媒披露，要嘛草率過早輕下結論，這是問題的兩面。官員自殺了，首先要將官員之死的情況當即向公眾披露。而後，當局應該廣泛聽取公眾對自殺官員的評價，即使是「腐敗嫌疑」也應該千方百計將案件查下去，不能一死百了。四川省雅安市公安局長李海留下遺書後自殺身亡。雅安當局很快對李海的死亡作出結論：李海因病痛折磨，對戰勝疾病，搞好工作缺乏信心，心理素質脆弱，於是選擇輕生。不過，半年過去了，四川中共省委書記張學忠在一次講話中，對李海之死作出相反的結論。他說：「雅安公安局長收了黑錢，跳樓是自絕於人民。」這就很被動。該查出的問題還要繼續清查，該追究的責任還要繼續追究。如果不追究，有些腐敗者就是以自殺掩蓋自己的其他問題，甚至保護其同夥。

早些年，香港警務處助理處長張之琛跳樓自殺，當局旋即公布死因，絲毫沒有引起公眾的疑慮，媒體紛紛從臨牀心理學角度解釋原因，這反映香港公務員的道德形象令百姓滿意，官員得到公眾的理解和同情。什麼時候中國大陸也能如此，這才是社會的大幸。

# 溫家寶是作秀嗎？

手上有兩封國務院總理溫家寶二〇〇七年寫的沒有公開發表過的信。

其一：「汝昌先生：惠書並承贈《紅樓夢》最新精校本，均已收到，極爲感謝。先生歷時六十載，細校十餘個古抄本，精心細緻地對八十回《紅樓夢》進行了新的校訂工作，成爲紅學研究的重要成果，先生嚴謹的治學精神令人感佩。值此新春佳節，祝願先生健康長壽。專此敬覆。順致敬禮。溫家寶，二〇〇七年二月十九日。」

著名紅學專家周汝昌，二〇〇七年八十九歲了，聽力和視力極低，記憶力卻驚人的強健。一月人民出版社出版了他的匯校本《紅樓夢》。據策劃此書的北京共和聯動圖書公司透露，此書銷售勢如破竹，迅速攀升至小說排行榜第一名，半個月內緊急加印兩次，印數達十五萬套。周汝昌將此書精裝本贈送溫家寶，溫便回了此信。

其二：「杜毅、杜穎女士：惠書、近照、詩作均已收到，以前幾信及令堂大人《清明雨》也都收讀，十分高興。我因事忙，遲至今日作覆，尚乞原諒。重遠先生上海故居已經開放，可供人們緬懷先生爲國獻身的精神和光明磊落的品格，實爲一件有意義的事情。凡是爲國家和人民的利益，捨家忘我，苦鬥不屈，勇於犧牲的人，國家和人民永遠會銘記不忘的。重遠先生、御之女士的英靈應得以慰藉。你倆清恙有起色否？甚以爲念。處此情況，只有姊妹倆能相互理解和照顧。願你們保重身體，多做一些對國家和人民有益的事情。專此奉覆，順祝康吉。溫家寶，二〇〇七年五月七日。」

被朱鎔基稱爲「最熱忱的愛國者」、「知識分子典範」的杜重遠，在當年國共兩黨籌備成立「聯合政府」時，被周恩來、宋子文、張學良一致推薦爲「聯合政府」行政院次長。這位歷史名人在上海的故居淮海中路一八九七號花園住宅，於二〇〇六年十二月揭牌。故居揭牌紀念儀式前夕，溫家寶就有批示說「我向杜重遠先生致敬，讓他的兩個女兒杜毅、杜穎健康起來」。二〇〇七年在多方努力下，杜重遠故居有望設爲「杜重遠圖書館」。爲此，杜毅、杜穎給溫家寶寫信，溫回了上述這封信。

素有「平民總理」之稱的溫家寶，與民眾溝通的方式之一是書信往來，或許這是他的喜好。據記憶，二〇〇六年七月，他曾回信四川省成都文翁實驗學校小學生；九月，他給地處山區的北京門頭溝潭柘寺中心小學的孩子們回信；二〇〇七年三月全國人大會議期間，他在講話中提到他曾回信一所江西小學學生；八月，他回信給湖北省剛考取華中師範大學而家境拮据的十九歲王瀟，勉勵她「全面發展，立志成材」；他還給父母因愛滋病病逝的孤兒回信，給紐西蘭華僑回信……近幾個月來，他僅僅給香港學生就回信三次，繼早前回信給香港粉嶺方樹泉小學學生李雪瑩等四十二名學生，回信給香港棒球總會主席李永權後，八月二十二日，香港中華基督教會桂華山中學校長和二十五名學生又收到溫家寶回信，信中說「同學們愛國、愛港的眞情讓我深受感動」，「國家和香港的發展需要辦好教育，需要更多的人才」，溫更書寫黃遵憲的詩：「杜鵑再拜憂天淚，精衛無窮塡海心。」啼血之情、塡海之心被認爲是溫家寶面對種種指責的自我明志。

中共十七大前夕，正掀起一場關於溫家寶主持的國務院施政的爭議。這是矛頭直指溫家寶的新一波否定改革的思潮。八月二十五日由烏有之鄉書社主辦的「當前理論與實際形勢交流」座談會，在北京大學資源賓館三層一三〇八室舉行，與會者有張勤德、張宏良、左大培、李偉、祝東力、田辰山、韓德強等。這批學者對中國改革的現狀作出前所未有的猛烈抨擊。他們認爲，「改革開放說到底一句話，剝削壓迫有理，賣國有理」，「要發動人民群眾控訴砍旗集團帶來的罪惡」，「旗幟問題是當前最大的政治，舉哪個旗幟是對黨員、幹部、十七大代表的嚴峻考驗」，「國務院好多部門都是言不及義，好行小惠」，「國務院的路線是錯的，總理天天跑到老百姓那裡去哭，解決了什麼實際問題？實在有作秀之嫌。整天只知道賣國企賣銀行，搞歪門邪道，宏觀上就是壓著不敢調控。改革派沒能解決問題，反而在改革中不斷製造問題，路線完全錯誤。」

在這些學者眼裡，溫家寶給百姓寫信的親民之舉，下礦井與礦工聊家常，探望愛滋病人，與山區貧困農民一起，考察農產品市場時與市民交談，都被指責為一種「作秀」。親民的內在是愛民，這是一種個性情懷。德國總理梅克爾二〇〇七年八月再度訪華，二十七日溫家寶與梅克爾在中山公園散步。不知怎麼，梅克爾突然問溫家寶：「中國面積太大了，您作為總理，是不是每個省都去過呢？」「不僅是省，幾乎每個縣我都去過。」溫家寶回答。「真的嗎？中國有多少縣？」「大概有二千五百多個吧。」梅克爾一臉驚訝。

有人質疑，二千五百個縣都走過？這是中國總理在忽悠德國總理？一天走一個縣，也要花七年時間。其實，溫家寶不是指在總理位子上走了那麼多縣，而是他在人生過去的歲月裡去過那麼多縣。

九月九日教師節，溫家寶前往北京師範大學，看望剛入學的免費師範生，與數百名師生座談，教育部直屬的師範大學實行師範生免費教育，是溫家寶力主的政策，這一制度已在全國六所師範大學試點；

九月七日，溫家寶考察大連期間，在戚秀玉職業介紹所對市民說，就業是民生之本；九月四日，溫家寶去看望北京第四中學師生；八月，他去看望著名科學家和文化名人朱光亞、何澤慧、錢學森、季羨林；

八月四日，爲穩定物價，保證市場供應，溫家寶在北京看肉類交易大廳，走菜市場；

八月十六日，溫家寶在喀什疏勒縣英爾力克鄉阿木都依木·阿不都卡德爾家的土炕上盤腿而坐，與村民聊天；

八月二十三日，溫家寶考察烏魯木齊時，特意安排行程去看望中國工程院院士、西北局石油局原副總工程師康玉柱；

八月，四十四歲的海南省師範大學女教師郭力華因病去世，她在講台上默默奉獻了二十三年，以愛和責任鑄造師魂，去世前四個月被授予「全國模範教師」稱號，她的離去令溫家寶內心很難受，向這位「師魂」敬獻花圈表示哀悼……

權為民所用，情為民所繫，利為民所謀。親民務實、人性關懷的溫情，應該是高官執政的一種標誌。溫家寶說，「政府的一切權力，都是人民賦予的」。一次，他曾就所謂「日理萬機」作過解說：「日理萬機，這話不假。但這第一機就是百姓生活，第二機還是百姓生活，萬機加在一塊，全都是百姓生活。幹部日理萬機，就是從早到晚想著百姓生活。」他始終秉承「百姓無小事」、「民生大於天」的執政理念。

中共召開十七大在即，境外傳媒在熱衷競猜中共政治局常委名單：猜一猜，哪家的名單更準確。其實，中國百姓對十七大熱衷的卻是「民生」，有多少關注民生的新政出爐，改革會不會倒退，經濟發展成果能否體現到改善民生。科學發展，第一要義是發展，核心是以人為本。民生—民主息息相連。據悉，中共十七大政治改革的步伐不會大，但民生觀照確會有大動作。百姓企盼中共十七大後，從中央到地方多一些像溫家寶那樣關注民生，傾聽民意，體察民情的官員，在百姓不能民主選舉心目中官員的今天，這是中國百姓的幸運。

# 與國際接軌

「我兒子進學校讀書了，老師要求家長爲他取個英文名字，說是要『與國際接軌』。我們翻了好一陣字典，拿不定主意，求助高手幫忙。我希望孩子的英文名含有快樂、向上的意思……」當下學校開學不久，中國大陸一些網上家長論壇常常能讀到這樣的帖子，他們大都是幼兒園和小學的家長。給孩子起個英文名，原本也沒什麼，即使是跟風取個洋名。但說成是「與國際接軌」，就讓人不能理解了。

近來，頻頻讀到一則則「裸體出鏡」新聞：明星蔣勤勤、吳君如、伊能靜裸露上半身，拍攝「粉紅絲帶」宣傳片和雜誌封面，聲稱是爲「公益」事業；江蘇技術師範學院藝術學院副教授莫小新，在課堂上脫光衣服，赤裸全身，向師生闡述自己對人體藝術和人性文化的理解；在一次「保衛詩歌」的朗誦會上，一男詩人竟然當眾全裸唸詩；明星李倩蓉替《ＧＱ》雜誌拍攝的全裸照片在網上流傳；四川一所外語大學女生在光天化日下全裸出鏡，在四十多台攝影機面前，留下上千張全裸照片；莫文蔚彩繪秀大露其身；舒淇爲新韓劇拍半裸廣告……無論聲稱是爲公益還是藝術，他們往往都會標榜說，這是同「國際接軌」。

明星的「露」是「與國際接軌」，非明星的「露」也說是「與國際接軌」。現在的女孩「衣服愈穿愈少，妝愈化愈濃，身體愈來愈瘦，胸部愈挺愈大」。女人的衣服愈買愈多，卻穿得愈來愈少，好不容易讓人適應了她們的露背裝，又冒出低胸、低腰、露臍裝，還有熱褲、丁字褲、透明吊帶。就是不懂，女人那麼喜歡衣服，卻不願多穿一點，一個個露出按以前的標準不該露、不敢露的地方。以前要欣賞穿得少的女人要到海邊沙灘，現在滿街遍巷都是，出外逛街穿得比去游泳還少，難怪在街上隨時隨地看見女人在抹防曬油。女人說，看看那些洋女人，中國女人就得「與國際接軌」。

時下，「與國際接軌」、「按國際慣例辦」成了極爲時髦的話語。藝術品拍賣市場監督要與國際接軌，國內股價要與國際接軌，高校本科教育要與國際接軌，項目管理要與國際接軌，整合驗證機制要與國際接軌，護理要與國際接軌，電子商務要與國際接軌……小品明星趙本山的小品中有句台詞：以前我們是在家接神，現在人們都到國際上接鬼（軌）了。

與國際接軌，有的是眞接，有的是假接，有的是半眞半假的接，有的是徒具形式的接，有的是忽悠著接，有的是該接的不接而不該接的亂接。

一段日子來，汽油、水、電、煤氣、景點門票的漲價消息不斷。漲幅各有高低，漲價的原因多樣，有一條卻是相同的，要「與國際接軌」，說人家外國的都很貴，中國的油價水價電價太便宜了，所以應該漲價，連銀行跨行查詢收費也都稱「與國際接軌」了。但說到工資水平、福利水平、勞動保障制度，就不提出「與國際接軌」，而強調「中國國情」了。這些日常生活遇到的漲價，深層次的背後原因卻被掩蓋了：企業虧損、維護費用不足、營運成本過高等。這是內部經營的問題，卻要全社會的人爲他買單。近日國際原油價格連續大跌，中國大陸油價爲什麼又「脫軌」，不立即「與國際接軌」而下跌了呢？

外國的工會都是工人選舉產生的，實實在在代表工人利益。這一點，中國卻不與國際接軌了。原因是要符合「中國國情」。

醫療改革、教育改革又強調「中國國情」了，說財力不堪重負，那麼多國家是免費醫療、免費義務教育，怎麼中國就不「與國際接軌」了呢？

那麼多國家的傳媒是獨立的，是監督政府的，不受控於政府的，中國的傳媒怎麼就不「與國際接軌」，而要符合「中國國情」了呢？

有一位英國記者疑惑地說：你們中國人眞行，似乎永遠有道理，當你們想證明自己崛起而強大時，就拿出北京、上海這樣的大都市作例子；當你們想證明自己還是發展中國家時，就說還有廣大農民，特別是中西部農民，沒有解決溫飽。

中國人確實有這樣的德性。中國人手中配備著兩把萬能鑰匙，即「國際接軌」和「中國國情」。這兩個「四個字」是中國人最熟悉，也是最時髦的新詞了。略作梳理，不難發現，與國際接軌的往往是硬體部分，涉及到軟體部分，卻容易強調中國國情。

前些日子，廣東省深圳市福田區警方為嚴厲打擊色情業，將一百多名涉嫌賣淫、嫖娼的違法犯罪的性工作者（媒體報導時稱「站街招嫖女」、「流鶯」、「皮條客」、「媽咪」）和嫖客（包括十名香港人）在三沙（上沙、下沙、沙嘴）作公開處理。所謂「公開處理」就是遊街示眾，疑犯全部身著黃衣，面戴口罩，臉部幾乎全被遮住而僅露出雙眼，現場有上千人圍觀，不時響起掌聲。如此遊街示眾，引起社會公眾廣泛爭議。

上海普若律師事務所律師姚建國不滿此舉，在天涯論壇發帖〈就深圳警方將妓女嫖客遊街示眾事件給全國人大的一封公開信〉。十二月三日，姚建國已將這封公開信，以掛號信方式寄給全國人大。一名當事人家屬已明確表示要控告深圳警方。十二月十一日，深圳福田區公安分局一名政委公開回應社會上的指責：「對涉黃違法犯罪活動採取公開處理的形式，出發點是好的，效果也是不錯的」，「採取這種方式，是中國特色，也是中國國情，合情合理合法，對震懾違法犯罪，教育廣大民眾，消除地區影響有一定作用」。

好一個「中國國情」、「中國特色」。在專制社會，官府對死囚動輒「斬梟示」，對不斬首的遊街示眾更是家常便飯。示眾是一種「恥辱刑」，在明代，常常把犯人從監獄中押解出來戴枷示眾。文化革命期間，造反派把「牛鬼蛇神」拉上街遊鬥，將示眾文化發揚到了極致。

這樣的作法，與現行法律法規並不相符。《刑事訴訟法》明確規定執行死刑不應示眾。上世紀八〇年代公安部就強調對犯罪嫌疑人不能遊街示眾，不能掛牌。一九九六年修訂的刑事訴訟法第二一二條增加規定「死刑採用槍決或者注射等方式執行」，「執行死刑應當公布，不應示眾」。連死囚都不能示眾，何況對一般僅僅涉嫌輕微犯罪或違法者，就更不能以「公開處理」方式示眾了。被終審判決有罪的人，畢竟還有未被剝奪的那份人身權、名譽權等權利。何況涉嫌違法犯罪，尚未有法律程序上的最後定論。即使違法犯罪，法律上也沒有剝奪他們的人格尊嚴。

如此「掃黃」會令市民百姓誤以爲「遊街示眾」是在執法，讓原本就存在誤區的人們覺得這樣做順理成章。那麼，抓到小偷也可以侮辱毆打了，捉姦在牀也允許對第三者當眾羞辱了？

警方說，這是「中國特色」，也是「中國國情」，拿「中國特色」、「中國國情」說事，近些年來常見。一個國家擁有特色是必須的，但不能容忍以「中國特色」、「中國國情」爲藉口，掩蓋自己的問題，把「中國特色」當成醜聞的遮羞布。很多方面，中國人晚一點與「國際接軌」，關係不大，但除去所謂的「中國特色」、「中國國情」，壓縮一些部門拿「中國特色」、「中國國情」說事兒的空間，卻是當務之急。

當局手中不外乎兩「國」法寶，一是「與國際接軌」，一是「中國國情」。什麼時候要強調「與國際接軌」，什麼時候要強調「中國國情」，完全是政府說了算。一些蠻不講理的事卻打著「與國際接軌」的旗號，所謂「國際慣例」往往會鎮住一些善良的中國人。在中國，即使貨眞價實的「與國際接軌」，也不能完全照搬到中國的土地上，洋規矩不一定完完全全符合中國國情。

中國扶貧基金會要舉行一場「慈善國宴」。「慈善國宴」是一種國際通行的扶貧方式。不過，慈善晚宴在中國遭遇到民意障礙，人們紛紛在媒體和網上提出置疑，認爲此舉不符合中國國情：慈善晚宴雖能給窮人帶來福利，但這種交錢就能和高官共進晚餐，有權錢交易之嫌，一餐飯抵窮人一年糧的救濟方式，必定傷害窮人的感情，最終這場「慈善國宴」被迫叫停。有學者對此反思說：「西方人的思維直觀，行為模式簡單，通常只注重結果；中國人則看重過程、動機和行為模式，更注重其中蘊涵的道德倫理。對慈善晚宴的不同看法，暴露出東西方思維的差異。中國的窮人更需要溫情救濟，而不是上對下的恩賜。」

在這一點上，尊重「中國國情」比「與世界接軌」似乎更重要。

# 崛起的中國更要學會妥協

美國一家報紙日前刊登了一篇署名文章，說中國人把外國人稱爲「老外」，外國人聽了心裡很不是滋味，因爲這樣的稱呼「含有嘲弄的意味」，希望中國政府敦促中國人「舉止文明」。中國人稱外國人「老外」，始於何時，難以考證，似乎是上世紀八〇年代，這以前中國人將外國人恭稱爲「外賓」、「國際友人」之類的。

有中國人說，「老外」原本就是暱稱，絕無貶義，稱「老外」拉近了中外兩國人的距離，有什麼不對？在中國稱「老陳」、「老張」，多隨和多親切啊。外國人卻不這樣看。西方人特別忌諱「老」字，再說，中國人習俗上將「老」字連姓，互稱「老陳」、「老張」，但也有不連姓的「老刁」、「老不死」、「老狐狸」、「老東西」等不敬之稱。有外國人說，中文「外」字不是姓，稱「老外」便有不敬之意。這是東西方不同的文化背景下的理解，既然外國人不喜歡被稱爲「老外」，中國人以後就別再那麼叫了。這就是一種妥協。

生活的奧秘無窮無盡，難免磕磕碰碰。一次聽明星藝人宋丹丹說夫妻兩人相處之道：「最重要是妥協，你不妥協，不寬容，就沒辦法過快樂的日子了。要想過好的生活，理解別人，尊重別人，妥協是極其重要的，妥協是快樂的。」確實，一對耳鬢廝磨的夫婦，妻子樂於社交，先生卻喜好讀書；妻子熱衷郊遊，先生卻是球迷。這都很自然，如果彼此缺乏諒解，各行其是，勢必傷害感情，令矛盾激化，最終分道揚鑣。

在現代生活中，妥協已是人們交往中不可缺少的潤滑劑。妥協是適應社會環境的健康心態。一個漂亮轉身，換來海闊天空。世界上的事總會有些說不清道不明，為了給人生航程「清淤」導航，不妨學會妥協。有人說，妥協就是在兩個不同的數字之間尋找一個公約數。說得多有哲理。

善於妥協不僅是一種理性，更是一種美德。什麼時候懂得有所放棄，才會有所得到。明智的妥協是為了達到主要目標，願意在次要目標上作適當讓步。這種妥協是以避退為進，透過適當交換而確保自身要求的實現。明智的妥協，是一種讓步的藝術。妥協意味著對對方利益的尊重，將對方的利益看得和自身利益同樣重要。咄咄逼人者未必就能得到便宜，即使得到便宜，也未必能持久。只有尊重他人，才能獲得他人的尊重。善於妥協就會贏得別人更多的尊重，成為智者和強者。其實，妥協的涵義不僅如此，有時候，自我意識的校正，自我心態的調整，也是生活中的理性妥協。

在一些人眼中，妥協與「怕輸」、「挫折」、「服軟」、「投降」相聯繫，似乎唯有毫不妥協，方顯英雄本色。這種非此即彼、非黑即白的思維方式，本質上還是認定人與人之間的關係，是征服與被征服的關係。理性妥協不是消極放棄原則。它是攀登者到達頂峰的小憩，是繁華都市中的安寧院落。同樣，妥協不是委曲求全，在一些根本問題上，對無理的對方一味讓步。不過，即使如此，也應該平心靜氣地商量，耐心疏導，曉之以理，動之以情，導之以行，盡最大努力取得共識。

一個人，什麼時候懂得妥協，也就什麼時候成熟了。人應該交更多的朋友，而不是製造更多的敵人。社會之大，世界之大，無常事之多，不是輕易能改變的，唯一能做的，只有妥協。

一個人如此，一個國家也如此，國家也像做人。學會妥協，是時代給中國人出的一道難題，也是中國經濟崛起後面臨的挑戰。日前，美國蓋洛普市場及民意調查公司公布一項調查結果，美國民眾認爲，美國當下的主要敵人是伊朗、伊拉克和中國；連日來，中國奧運聖火火炬在歐美諸國遭遇激烈干擾……面對新一輪的對中國狂轟濫炸般的醜化誣衊，中國人深表憤慨，一股仇視和敵視西方人的非理性民粹正在形成。

應該看到，這原本就是一個不完美的世界。每個國民都要調整自己的心態，對時代的本質有更深刻的理解，做到外知世界，內知國情。如果把二戰前的日本，與現在重新崛起的日本作一比較，就會看到在經濟成就上，甚至制度上的變化都不是最重要的，而最爲根本的變化，是國民的思想意識的變化，是發生在人的靈魂深處的變化。

改革開放三十年來，中國在學習妥協。這之前，中國幾乎沒有作過多少妥協，打開國門就意味著與外人相處，從來不願妥協的傳統面臨挑戰。唯我獨尊，虛張聲勢，聲色俱厲，不懂得讓步，必然搞亂自己的戰略環境。妥協並非是在中國核心利益的退讓，而是靈活協調各種矛盾，透過妥協而攜手合作，才是導向和諧世界的必由之路。國家利益依據重要性可分爲核心利益、重要利益、一般利益，核心利益是國家的安身之本，每個國家都會對此堅守，但大部分的國家利益不屬於核心利益，可以用於交換合作，既發展自己，又實現多贏。

在全球外交的大平台上，妥協是一種力量的顯示。一部世界外交史，絕大部分是用妥協、合作書寫的，對利益錙銖必較，不顧及他國的感受，必然遭遇他國的抵制。一個國家堅守自己的夢想，但不一定要透過粗暴對抗而達到目的，其實往往更需要一個簡單的妥協。正如有北京學者說，今天的中國，思考的問題不只是「中國的腰桿硬不硬」，而是「中國的氣度大不大」，有沒有足夠的智慧，去營造多贏的局面。

文學叢書 261

INK PUBLISHING

# 干物女與草食男

## 從故事碎影觀照中國現今社會

| | |
|---|---|
| 作　　者 | 江　迅 |
| 總 編 輯 | 初安民 |
| 責任編輯 | 陳思妤 |
| 美術編輯 | 林麗華 |
| 校　　對 | 陳思妤　吳美滿 |
| 發 行 人 | 張書銘 |
| 出　　版 | INK印刻文學生活雜誌出版有限公司<br>台北縣中和市中正路800號13樓之3<br>電話：02-22281626<br>傳真：02-22281598<br>e-mail : ink.book@msa.hinet.net |
| 網　　址 | 舒讀網http : //www.sudu.cc |
| 法律顧問 | 漢廷法律事務所<br>劉大正律師 |
| 總 代 理 | 成陽出版股份有限公司<br>電話：03-2717085（代表號）<br>傳真：03-3556521 |
| 郵政劃撥 | 19000691 成陽出版股份有限公司 |
| 印　　刷 | 海王印刷事業股份有限公司 |
| 出版日期 | 2010年6月　初版 |
| ISBN | 978-986-6377-76-1 |

定價　260元



國家圖書館出版品預行編目資料

干物女與草食男：
從故事碎影觀照中國現今社會 / 江 迅著 .
--初版 . --台北縣中和市：INK印刻文學，
2010.06 面； 公分. --（文學叢書；261）

ISBN 978-986-6377-76-1（平裝）

855　　99006359